# रजनीगन्धा : पटकथा

# रजनीगन्धा : पटकथा

मन्नू भंडारी
बासु चटर्जी

राधाकृष्ण प्रकाशन

ISBN : 978-81-8361-302-6

**रजनीगन्धा : पटकथा**



**पहला संस्करण** : 2009
**पहली आवृत्ति** : 2024

**मूल्य** : ₹395

**प्रकाशक**
राधाकृष्ण प्रकाशन प्राइवेट लिमिटेड
जी-17, जगतपुरी, दिल्ली-110 051

**शाखाएँ** : अशोक राजपथ, साइंस कॉलेज के सामने, पटना-800 006
पहली मंजिल, दरबारी बिल्डिंग, महात्मा गांधी मार्ग, प्रयागराज-211 001
1, अनमोल सोराबजी संतुक लेन, धोबी तलाव, मरीन लाइंस, मुम्बई-400 002
वेबसाइट : www.radhakrishnaprakashan.com
ई-मेल : info@radhakrishnaprakashan.com

**मुद्रक**
राजकमल प्रेस
नई दिल्ली-110 002

RAJNIGANDHA : PATKATHA
by Mannu Bhandari & Basu Chatterjee

# रजनीगन्धा

अपनी पहली फीचर फिल्म (सारा आकाश) पूरी करने के बाद मुझे एक और विषय की तलाश थी–अपनी दूसरी फिल्म के लिए। 'सारा आकाश' बनाते समय ही मेरा परिचय मन्नू भंडारी से हो चुका था। मैं स्वीकार करता हूँ कि इससे पहले न मैं राजेन्द्र यादव को जानता था, न मन्नू भंडारी को और न ही उनके लेखन से मेरा कोई परिचय था। बंगाली और हिन्दी की कुछ चीजें पढ़ने के बाद मुझे 'यही सच है' कहानी में एक चुनौती दिखाई दी। 'रजनीगन्धा' इसी कहानी पर आधारित है। यह एक जटिल कहानी है। यह एक प्रकार की डायरी है जिसमें अलग-अलग शहरों में रहने वाली दो महिला पत्रों के माध्यम से अपने विचारों का आदान-प्रदान करती हैं। पहली फिल्म की ही तरह इस कहानी को भी दृश्य-रूप में बदलना एक चुनौती थी। मुझे हमेशा ही ऐसी कहानियाँ पसन्द आई हैं जिनमें नायक या नायिका किसी अन्तर्द्वन्द्व के शिकार होते हैं और अन्त में उससे पार पाते हुए किसी सही नतीजे पर पहुँचते हैं। पहली फिल्म के बाद मुझे थोड़ी फुर्सत थी, इसलिए मैंने 'यही सच है' की पटकथा पर काम शुरू कर दिया। उस वक्त इस शीर्षक का पंजीकरण कोई और निर्माता करा चुका था, सो इसका उपयोग मैं नहीं कर सकता था। कुछ दोस्तों ने 'रजनीगन्धा' नाम सुझाया जो हम सभी को अच्छा लगा, इसीलिए मैंने उसमें एक दृश्य भी डाला जिसमें नायक हमेशा नायिका के लिए रजनीगन्धा के फूल लेकर आता है। एक गीत भी रखा जिसमें रजनीगन्धा शब्द का प्रयोग प्रमुखता से होता है (फिल्म में दो ही गाने थे)।

पटकथा पूरी करने में मुझे महीनों लग गए। और क्योंकि मेरे पास समय था, इसलिए मैं बीच-बीच में इसमें सुधार भी करता रहा, जब तक कि इसका अन्तिम रूप नहीं उभर आया। पटकथा लिखने में मुझे

कुछ छोटे-छोटे दृश्यों की रचना करनी पड़ी जो नायिका के द्वन्द्व को सामने लाने के लिए जरूरी था। कहानी में नायिका की कई विचार-प्रक्रियाएँ थीं जिनका वर्णन गद्य में बहुत अच्छी तरह सम्भव हुआ था। अपने मौजूदा प्रेमी और पहले प्रेमी, जो शहर से जा चुका था, को लेकर वह हमेशा मानसिक द्वन्द्व में रहती है। इन चीजों को लिखना बहुत मुश्किल नहीं था, लेकिन दृश्यों में उतारना बहुत कठिन था, और मुझे लगता है कि मैं उसमें सफल रहा। यहाँ तक कि कथा-लेखिका मन्नू भंडारी तक इस बात को लेकर उत्सुक थीं कि इतने जटिल पाठ को दृश्यों में किस तरह पेश किया जाएगा।

तभी सुरेश जिन्दल का अमेरिका से आना हुआ। उस समय वे हॉलीवुड की एक फिल्म 'ग्रेजुएट' को लेकर बहुत उत्साहित थे। वह उनके लिए एक आदर्श बन गई थी। उन्होंने मुझे अपनी पसन्द की कोई कहानी चुनने के लिए कहा। 'ग्रेजुएट' की तरह 'रजनीगन्धा' भी युवा जीवन पर आधारित फिल्म थी और क्योंकि उसकी पटकथा भी मेरे पास तैयार थी, सो मैंने उसी को चुन लिया।

राजश्री प्रोडक्शंस, जिन्होंने 'सारा आकाश' का वितरण किया था, उन्हें यह फिल्म पसन्द आई। उन्होंने बम्बई के एक अनजान-से थिएटर 'आकाशवाणी' और दादर के समीप स्थित 'प्लाजा सिनेमा' में इसे रिलीज किया। फिल्म सफल साबित हुई। आकाशवाणी थिएटर (जो अब बन्द हो चुका है) के समूचे इतिहास में यही अकेली फिल्म थी, जो लगातार 25 हफ्ते चली। इसे कई पुरस्कार भी मिले जिनमें 'फिल्मफेयर', जो उस वक्त फिल्मों को पुरस्कृत करनेवाली अकेली संस्था थी, की ओर से दिए जानेवाले 'बेस्ट फीचर फिल्म' और 'बेस्ट स्क्रीन प्ले' अवार्ड भी शामिल थे।

**—बासु चटर्जी**

# 'यही सच है' से 'रजनीगन्धा' तक की अन्तरंग यात्रा

'सारा आकाश' फ़िल्म की अद्भुत सफलता ने बासुदा को बेहद उत्साहित किया और वे तुरन्त ही कोई दूसरी फ़िल्म बनाने के लिए किसी अच्छी कहानी की तलाश में लग गए। कुछ बंगला और हिन्दी की कहानियाँ पढ़ने के दौरान उनकी नज़र मेरी 'यही सच है' कहानी पर गई। उन्होंने शायद उसे दो-तीन बार पढ़ा और उन्हें लगा कि किसी ऐसी ही कहानी की तलाश में वे थे। जब बासुदा ने मेरे सामने इस कहानी पर फ़िल्म बनाने का प्रस्ताव रखा तो मैं तो चकित! इसमें कोई सन्देह नहीं कि 'सारा आकाश' पर फ़िल्म बनने के बाद मैं भी चाहती तो यही थी कि मेरी भी किसी कहानी पर फ़िल्म बने पर जब 'यही सच है' पर फ़िल्म बनने की बन आई तो मेरे मन में अनेक सन्देह और सवाल उठने लगे। वैसे यह सच है कि छपते ही इस कहानी पर मुझे प्रशंसा तो बहुत मिली...अनेक पत्रिकाओं में इसकी चर्चा हुई और देखते ही देखते यह कई संकलनों में संकलित भी हो गई। इसके बावजूद इसका फ़िल्मांकन मुझे सन्देहास्पद लग रहा था। कारण और कुछ नहीं, कहानी की थीम। यह सारी कहानी एक लड़की के मानसिक द्वन्द्व पर आधारित है और इसीलिए लिखते समय भी मैंने इसे डायरी-फ़ॉर्म में ही लिखा था। अपने मन की बेहद निजी बातों को हम डायरी में ही तो लिखते हैं और फिर द्वन्द्व भी जिस बात को लेकर था एक लड़की तो उसे केवल डायरी में ही लिख सकती थी।

नायिका दीपा के अपने जिस प्रेमी–निशीथ से कभी के सम्बन्ध टूट चुके थे, उसे लेकर उसका मन बेहद कटुता से भरा हुआ था। अपने नए प्रेमी संजय के सामने न तो वह कभी उसका नाम लेना पसन्द करती थी और न ही सुनना। संयोग की बात कि इंटरव्यू के सिलसिले

में कलकत्ता जाने पर अचानक उसकी मुलाक़ात निशीथ से हो जाती है। इसकी सारी उपेक्षा के बावजूद वह उससे मिलने उसकी मित्र के घर आ जाता है। इंटरव्यू की बात सुनकर वह भरपूर मदद करने का आश्वासन ही नहीं देता, इस काम के लिए ऑफ़िस से एक दिन की छुट्टी भी ले लेता है। दोनों का रोज़ का मिलना और न चाहते हुए भी अनायास ही दीपा के मन में दोनों प्रेमियों की तुलना चलने लगती है और धीरे-धीरे वह फिर निशीथ की ओर आकृष्ट होने लगती है। इंटरव्यू के बाद वह दोनों सफाई-रूम में कॉफ़ी पीने जाते हैं...रात में लेक्स के किनारे बैठते हैं। दोनों ओर से भावनाओं का मौन आदान-प्रदान और उसे लगता है कि उसका वास्तविक प्रेम तो इसी से था...आज भी इसी से ही है। किसी ने ठीक ही कहा है कि पहला प्रेम ही सच्चा प्रेम होता है। कानपुर के लिए रवाना होते समय पहली बार निशीथ उसका हाथ पकड़कर हल्के से दबा देता है तो उसका रोम-रोम सिहर जाता है...उसे लगता है इन दिनों में साथ रहकर भी निशीथ जो नहीं कह पाया, वह सब इस स्पर्श ने कह दिया।

कानपुर लौटकर वह अपने कमरे का दरवाज़ा खोलती है तो यह सूचना देती हुई संजय की एक चिट मिलती है कि वह सप्ताह भर के लिए ऑफ़िस के काम से कटक जा रहा है। पढ़ा तो वह आश्वस्त हुई। दूसरे दिन सवेरे सबसे पहले उसने अपनी भावनाओं को व्यक्त करते हुए निशीथ को एक प्रेम-पत्र लिखा और तीसरे दिन से ही उसके उत्तर की प्रतीक्षा करने लगी। चार दिन बीत गए कोई पत्र नहीं आया, पाँचवें दिन नियुक्ति की सूचना और बधाई देते हुए निशीथ का चार पंक्तियों का एक पत्र मिलता है। न कोई प्रेमाभिव्यक्ति और न ही उसके प्रेम की अपेक्षित प्रतिक्रिया। तो क्या यह सब उसका भ्रम ही था? उसका मन एक गहरी हताशा में डूबने लगा।

"दीप।" और दरवाज़ा खोलकर ढेर सारे रजनीगन्धा के फूलों के साथ मुसकराता हुआ संजय प्रवेश करता है। एक क्षण वह अवाक् सी उसे देखती है और फिर दौड़कर उसे बाँहों में भर लेती है। दोनों आलिंगनबद्ध और दीपा को लगता है यह स्पर्श, यह क्षण, यह सुख ही सच है, बाकी सब भ्रम था।

मेरी समस्या थी कि कोई पचास साल पहले लिखी गई इस कहानी की एक मध्यवर्गीय लड़की का दो प्रेमियों के बीच बँटा यह मानसिक द्वन्द्व जो उसका इतना निजी और गोपनीय था और उसके मन में ही चलता रहता था क्योंकि सबके बीच उसे व्यक्त करना तो उसके लिए सम्भव ही नहीं था, बासुदा फ़िल्म में कैसे व्यक्त करेंगे? मेरी समस्या सुनकर बासुदा हँसे और फिर निर्द्वन्द्व होकर उन्होंने कहा कि यह सारी समस्या मैं उन पर छोड़ दूँ...बस, उन्हें मेरी अनुमति भर चाहिए। मैं तो ख़ुद बहुत उत्सुक थी कि मेरी कहानी पर फ़िल्म बने सो अनुमति मिलते ही बासुदा बम्बई गए और कुछ ही दिनों में इसकी स्क्रिप्ट पर काम करना भी शुरू कर दिया। कुछ दिनों बाद मुझे सूचित किया कि फ़िल्म का नाम 'रजनीगन्धा' रखा है। मुझे भी यह नाम ज़्यादा आकर्षक ही नहीं, ज़्यादा सटीक भी लगा।

इसके कुछ हिस्से की शूटिंग दिल्ली में भी हुई थी! बड़े उत्साह से हम लोग देखने जाते? विद्या सिन्हा और अमोल पालेकर...बिलकुल नए नाम, शायद पहली बार फ़िल्म में उतरे थे। अन्ततः फ़िल्म पूरी हुई, मैं बेहद प्रसन्न...पूरी फ़िल्म को पर्दे पर देखने को उत्सुक! थोड़े दिनों बाद सूचना मिली कि इस फ़िल्म को लेनेवाला कोई डिस्ट्रीब्यूटर ही नहीं मिल रहा। दो महीने, चार महीने, छह महीने...फ़िल्म डिब्बों में ही पड़ी है। मैंने सब्र ही नहीं किया बल्कि धीरे-धीरे इस बात को भूलने भी लगी। शुरू में ज़रूर लगा था कि अच्छा होता बासुदा ने एकाध नामी अभिनेता रख लिया होता तो शायद डिस्ट्रीब्यूटर खरीद लेते क्योंकि खरीदते समय वे लोग नाम भी तो देखते होंगे। ख़ैर, इन सब बातों पर बोलने का न तो मुझे कोई अधिकार था, न समझ।

कोई साल भर बाद बासुदा ने बड़े प्रसन्नभाव से बताया कि इसे ताराचन्द बड़जात्या ने खरीद लिया है, शायद बहुत बड़े डिस्ट्रीब्यूटर! और फिर रिलीज़ होने के बाद तो जो कमाल हुआ, उसकी आशा मुझे क्या, बासुदा तक को नहीं थी। इसने केवल सिल्वर जुबली ही नहीं मनाई बल्कि अनेक अवॉर्ड भी जीते। 'फ़िल्म-फ़ेयर' के दो अवॉर्ड होते हैं—एक क्रिटिक्स अवॉर्ड (जो हमेशा किसी कलात्मक फ़िल्म को मिलता है) और एक पब्लिक अवॉर्ड (जो किसी अच्छी कमर्शियल फ़िल्म को

मिलता है)। यह जानकर बहुत-बहुत अच्छा लगा और खुशी हुई कि यह पहली मेरी फ़िल्म है जिसे दोनों अवॉर्ड एक साथ मिले। यानी यह एक अच्छी कलात्मक फ़िल्म भी मानी गई और अच्छी कमर्शियल फ़िल्म भी। जहाँ तक मेरा खयाल है उसके बाद भी यह सुयोग किसी एक ही फ़िल्म को फिर कभी नहीं मिला। लोकप्रियता का यह हाल था कि बाज़ारों में रजनीगन्धा साड़ी...रजनीगन्धा पान-मसाला जैसी कई चीज़ें रजनीगन्धा के नाम से चल पड़ीं। 'फ़िल्म-फ़ेयर' का एक अंक उस पर ही केन्द्रित था। उसमें छपे एक लेख ने जिस बात को रेखांकित किया, उस पर तो आज तक किसी का ध्यान ही नहीं गया था। प्रेम के त्रिकोण की यह पहली ऐसी कहानी है जिसमें उसकी अनिवार्य परिणति किसी खलपात्र की उपस्थिति नदारद है। दर्शक की सहानुभूति तीनों पात्रों के साथ बराबर बनी रहती है। आश्चर्य है कि प्रकाशित होने पर इस पर चर्चाएँ तो बहुत छपी थीं, पर इस बात पर तो शायद ही किसी का ध्यान गया था इसलिए किसी ने इसका उल्लेख भी नहीं किया। सोचने पर आज हैरानी तो होती है कि कैसे मैं और सारे आलोचक इस बात से अनभिज्ञ ही रहे। बस, 'फ़िल्म-फ़ेयर' के इस लेख ने ही पहली बार कहानी की इस विशेषता की ओर ध्यान खींचा। अब आज तो मुझे न उस लेखक का नाम याद है और न ही फ़िल्म-फ़ेयर का वह अंक मेरे पास सुरक्षित है।

बहरहाल, इसमें कोई सन्देह नहीं कि अपनी पहली ही फ़िल्म की ऐसी सफलता और लोकप्रियता ने मुझे केवल प्रसन्न ही नहीं किया, बल्कि बेहद गद्गद और उल्लसित भी किया। जब 'यही सच है' कहानी लिखी थी तो मैंने कभी इस बात की कल्पना तक नहीं की थी। कहानी पर भी प्रशंसा तो मिली थी पर वह प्रशंसा और लोकप्रियता केवल साहित्यिक जगत तक ही सीमित थी। अब आम जनता के बीच इसे लोकप्रिय बनाने का श्रेय तो केवल और केवल फ़िल्म रजनीगन्धा को ही जाता है।

**–मन्नू भंडारी**

# रजनीगन्धा : पटकथा

# यही सच है

## कानपुर

सामने आँगन में फैली धूप सिमटकर दीवारों पर चढ़ गई और कन्धे पर बस्ता लटकाए नन्हे-नन्हे बच्चों के झुंड-के-झुंड दिखाई दिए, तो एकाएक ही मुझे समय का आभास हुआ।...घंटा-भर हो गया यहाँ खड़े-खड़े और संजय का अभी तक पता नहीं ! झुँझलाती-सी मैं कमरे में आती हूँ। कोने में रखी मेज़ पर किताबें बिखरी पड़ी हैं, कुछ खुली, कुछ बन्द। एक क्षण मैं उन्हें देखती रहती हूँ, फिर निरुद्देश्य-सी कपड़ों की अलमारी खोलकर सरसरी-सी नज़र से कपड़े देखती हूँ। सब बिखरे पड़े हैं। इतनी देर यों ही व्यर्थ खड़ी रही; इन्हें ही ठीक कर लेती। पर मन नहीं करता और फिर बन्द कर देती हूँ।

नहीं आना था तो व्यर्थ ही मुझे समय क्यों दिया ? फिर यह कोई आज ही की बात है ! हमेशा संजय अपने बताए हुए समय से घंटे-दो घंटे देरी करके आता है, और मैं हूँ कि उसी क्षण से प्रतीक्षा करने लगती हूँ। उसके बाद लाख कोशिश करके भी तो किसी काम में अपना मन नहीं लगा पाती। वह क्यों नहीं समझता कि मेरा समय बहुत अमूल्य है; थीसिस पूरी करने के लिए अब मुझे अपना सारा समय पढ़ाई में ही लगाना चाहिए। पर यह बात उसे कैसे समझाऊँ !

मेज़ पर बैठकर मैं फिर पढ़ने का उपक्रम करने लगती हूँ, पर मन है कि लगता ही नहीं। पर्दे के ज़रा-से हिलने से दिल की धड़कन बढ़ जाती है और बार-बार नज़र घड़ी के सरकते हुए काँटों पर दौड़ जाती है। हर समय यही लगता है, वह आया !...वह आया !...

तभी मेहता साहब की पाँच साल की छोटी बच्ची झिझकती-सी कमरे में आती है : “आंटी, हमें कहानी सुनाओगी ?”

"नहीं, अभी नहीं, पीछे आना !" मैं रुखाई से जवाब देती हूँ। वह भाग जाती है।

ये मिसेज़ मेहता भी एक ही हैं ! यों तो महीनों शायद मेरी सूरत नहीं देखतीं; पर बच्ची को जब-तब मेरा सिर खाने को भेज देती हैं। मेहता साहब तो फिर भी कभी-कभी आठ-दस दिन में खैरियत पूछ ही लेते हैं, पर वे तो बेहद अकड़ू मालूम होती हैं। अच्छा ही है, ज़्यादा दिलचस्पी दिखातीं तो क्या मैं इतनी आज़ादी से घूम-फिर सकती थी ?

खट-खट-खट...वही परिचित पद-ध्वनि ! तो आ गया संजय। मैं बरबस ही अपना सारा ध्यान पुस्तक में केन्द्रित कर लेती हूँ। रजनीगन्धा के ढेर-सारे फूल लिए संजय मुस्कुराता-सा दरवाज़े पर खड़ा है। मैं देखती हूँ, पर मुस्कुराकर स्वागत नहीं करती। हँसता हुआ वह आगे बढ़ता है और फूलों को मेज़ पर पटककर, पीछे से मेरे दोनों कन्धे दबाता हुआ पूछता है : "बहुत नाराज़ हो ?"

रजनीगन्धा की महक से जैसे सारा कमरा महकने लगता है।

"मुझे क्या करना है नाराज़ होकर ?" रुखाई से मैं कहती हूँ। वह कुर्सी सहित मुझे घुमाकर अपने सामने कर लेता है, और बड़े दुलार के साथ ठोड़ी उठाकर कहता : "तुम्हीं बताओ क्या करता ? क्वालिटी में दोस्तों के बीच फँसा था। बहुत कोशिश करके भी उठ नहीं पाया। सबको नाराज़ करके आना अच्छा भी नहीं लगता।"

इच्छा होती है, कह दूँ–"तुम्हें दोस्तों का ख़याल है, उनके बुरा मानने की चिन्ता है, बस मेरी ही नहीं !" पर कुछ कह नहीं पाती, एकटक उसके चेहरे की ओर देखती रहती हूँ...उसके साँवले चेहरे पर पसीने की बूँदें चमक रही हैं। कोई और समय होता तो मैंने अपने आँचल से इन्हें पोंछ दिया होता, पर आज नहीं। वह मन्द-मन्द मुस्कुरा रहा है, उसकी आँखें क्षमा-याचना कर रही हैं, पर मैं क्या करूँ ?...तभी वह अपनी आदत के अनुसार कुर्सी के हत्थे पर बैठकर मेरे गाल सहलाने लगता है। मुझे उसकी इसी बात पर गुस्सा आता है। हमेशा इसी तरह करेगा और फिर दुनिया-भर का लाड़-दुलार दिखलाएगा। वह जानता जो है कि इसके आगे मेरा क्रोध टिक नहीं पाता।...फिर उठकर वह फूलदान के पुराने फूल फेंक देता है, और नए फूल लगाता है। फूल

सजाने में वह कितना कुशल है ! एक बार मैंने यों ही कह दिया था कि मुझे रजनीगन्धा के फूल बड़े पसन्द हैं, तो उसने नियम ही बना लिया कि हर चौथे दिन ढेर-सारे फूल लाकर मेरे कमरे में लगा देता है। और अब तो मुझे भी ऐसी आदत हो गई है कि एक दिन भी कमरे में फूल न रहें तो न पढ़ने में मन लगता है, न सोने में। ये फूल जैसे संजय की उपस्थिति का आभास देते रहते हैं।

थोड़ी देर बाद हम घूमने निकल जाते हैं। एकाएक ही मुझे इरा के पत्र की बात याद आती है। जो बात सुनाने के लिए मैं सबेरे से ही आतुर थी, इस ग़ुस्सेबाज़ी में जाने कैसे उसे ही भूल गई !

''सुनो, इरा ने लिखा है कि किसी दिन भी मेरे पास इंटरव्यू का बुलावा आ सकता है, मुझे तैयार रहना चाहिए।''

''कहाँ, कलकत्ता से ?'' कुछ याद करते हुए संजय पूछता है, और फिर एकाएक ही उछल पड़ता है, ''यदि तुम्हें वह जॉब मिल जाए तो मज़ा आ जाए, दीपा, मज़ा आ जाए !''

हम सड़क पर हैं, नहीं तो अवश्य ही उसने आवेश में आकर कोई हरकत कर डाली होती। जाने क्यों, मुझे उसका इस प्रकार प्रसन्न होना अच्छा नहीं लगता। क्या वह चाहता है कि मैं कलकत्ता चली जाऊँ, उससे दूर ?...

तभी सुनाई देता है : ''तुम्हें यह जॉब मिल जाए तो मैं भी अपना तबादला कलकत्ता ही करवा लूँ, हेड ऑफ़िस में। यहाँ की रोज़ की किच-किच से तो मेरा मन ऊब गया है। कितनी ही बार सोचा कि तबादले की कोशिश करूँ, पर तुम्हारे ख़याल ने हमेशा मुझे बाँध लिया। ऑफ़िस में शान्ति हो जाएगी, पर मेरी शामें कितनी वीरान हो जाएँगी !''

उसके स्वर की आर्द्रता ने मुझे छू लिया। एकाएक ही मुझे लगने लगा कि रात बड़ी सुहावनी हो चली है।

हम दूर निकलकर अपनी प्रिय टेकरी पर जाकर बैठ जाते हैं। दूर-दूर तक हल्की-सी चाँदनी फैली हुई है और शहर की तरह यहाँ का वातावरण धुएँ से भरा हुआ नहीं है। वह दोनों पैर फैलाकर बैठ जाता है और घंटों मुझे अपने ऑफ़िस के झगड़े की बात सुनाता है और फिर कलकत्ता जाकर साथ जीवन बिताने की योजनाएँ बनाता है। मैं कुछ नहीं बोलती,

बस एकटक उसे देखती हूँ, देखती रहती हूँ।

जब वह चुप हो जाता है तो बोलती हूँ : "मुझे तो इंटरव्यू में जाते हुए बड़ा डर लगता है। पता नहीं, कैसे-क्या पूछते होंगे ! मेरे लिए तो यह पहला ही मौक़ा है।"

वह खिलखिलाकर हँस पड़ता है।

"तुम भी एक ही मूर्ख हो ! घर से दूर, यहाँ कमरा लेकर अकेली रहती हो, रिसर्च कर रही हो, दुनिया-भर में घूमती-फिरती हो और इंटरव्यू के नाम से डर लगता है। क्यों ?" और गाल पर हल्की-सी चपत जमा देता है। फिर समझाता हुआ कहता है : "और देखो, आजकल ये इंटरव्यू आदि तो सब दिखावा-मात्र होते हैं। वहाँ किसी जान-पहचान वाले से इन्फ्लुएंस डलवाना जाकर !"

"पर कलकत्ता तो मेरे लिए एकदम नई जगह है। वहाँ इरा को छोड़कर मैं किसी को जानती भी नहीं। अब उन लोगों की कोई जान-पहचान हो तो बात दूसरी है," असहाय-सी मैं कहती हूँ।

"और किसी को नहीं जानतीं ?" फिर मेरे चेहरे पर नज़रें गड़ाकर पूछता है : "निशीथ भी तो वहीं है ?"

"होगा, मुझे क्या करना है उससे ?" मैं एकदम ही भन्नाकर जवाब देती हूँ। पता नहीं क्यों, मुझे लग ही रहा था कि अब वह यही बात कहेगा।

"कुछ नहीं करना ?" वह छेड़ने के लहजे में कहता है।

और मैं भभक पड़ती हूँ : "देखो संजय, मैं हज़ार बार तुमसे कह चुकी हूँ कि उसे लेकर मुझसे मज़ाक़ मत किया करो ! मुझे इस तरह का मज़ाक़ ज़रा भी पसन्द नहीं है !"

वह खिलखिलाकर हँस पड़ता है, पर मेरा तो मूड ही खराब हो जाता है।

हम लौट पड़ते हैं। वह मुझे ख़ुश करने के इरादे से मेरे कन्धे पर हाथ रख देता है। मैं झपटकर हाथ हटा देती हूँ : "क्या कर रहे हो ? कोई देख लेगा तो क्या कहेगा ?"

"कौन है यहाँ जो देख लेगा ? और देख लेगा तो देख ले, आप ही कुढ़ेगा।"

"नहीं, हमें पसन्द नहीं है यह बेशर्मी !" और सच ही मुझे रास्ते में ऐसी हरकतें पसन्द नहीं हैं चाहे रास्ता निर्जन ही क्यों न हो; पर है तो रास्ता ही; फिर कानपुर जैसी जगह।

कमरे में लौटकर मैं उसे बैठने को कहती हूँ; पर वह बैठता नहीं; बस, बाँहों में भरकर एक बार चूम लेता है। यह भी जैसे उसका रोज़ का नियम है।

वह चला जाता है। मैं बाहर बालकनी में निकलकर उसे देखती रहती हूँ।...उसका आकार छोटा होते-होते सड़क के मोड़ पर जाकर लुप्त हो जाता है। मैं उधर ही देखती रहती हूँ–निरुद्‌देश्य-सी खोई-खोई-सी। फिर आकर पढ़ने बैठ जाती हूँ।

रात में सोती हूँ तो देर तक मेरी आँखें मेज़ पर लगे रजनीगन्धा के फूलों को ही निहारती रहती हैं। जाने क्यों, अक्सर मुझे भ्रम हो जाता है कि ये फूल नहीं हैं, मानो संजय की अनेकानेक आँखें हैं, जो मुझे देख रही हैं, सहला रही हैं, दुलरा रही हैं। और अपने को यों असंख्य आँखों से निरन्तर देखे जाने की कल्पना से ही मैं लजा जाती हूँ।

मैंने संजय को भी एक बार यह बात बताई थी, तो वह खूब हँसा था और फिर मेरे गालों को सहलाते हुए उसने कहा था कि मैं पाग़ल हूँ, निरी मूर्खा हूँ !

कौन जाने, शायद उसका कहना ही ठीक हो, शायद मैं पाग़ल ही होऊँ !

## कानपुर

मैं जानती हूँ, संजय का मन निशीथ को लेकर जब-तब सशंकित हो उठता है; पर मैं उसे कैसे विश्वास दिलाऊँ कि मैं निशीथ से नफ़रत करती हूँ, उसकी याद-मात्र से मेरा मन घृणा से भर उठता है।...फिर अठारह वर्ष की आयु में किया हुआ प्यार भी कोई प्यार होता है भला ! निरा बचपन होता है, महज पाग़लपन ! उसमें आवेश रहता है पर स्थायित्व नहीं, गति रहती है पर गहराई नहीं। जिस वेग से वह आरम्भ होता है, ज़रा-सा झटका लगने पर उसी वेग से टूट भी जाता है।...और उसके बाद आहों,

आँसुओं और सिसकियों का एक दौर, सारी दुनिया की निस्सारता और आत्महत्या करने के अनेकानेक संकल्प और फिर एक तीख़ी घृणा। जैसे ही जीवन को दूसरा आधार मिल जाता है, उन सबको भूलने में एक दिन भी नहीं लगता। फिर तो वह सब ऐसी बेवकूफ़ी लगती है, जिस पर बैठकर घंटों हँसने की तबीयत होती है। तब एकाएक ही इस बात का अहसास होता है कि ये सारे आँसू, ये सारी आहें उस प्रेमी के लिए नहीं थीं, वरन् जीवन की उस रिक्तता और शून्यता के लिए थीं, जिसने जीवन को नीरस बनाकर बोझिल कर दिया था।

तभी तो संजय को पाते ही मैं निशीथ को भूल गई। मेरे आँसू हँसी में बदल गए और आहों की जगह किलकारियाँ गूँजने लगीं। पर संजय है कि जब-तब निशीथ की बात को लेकर व्यर्थ ही खिन्न-सा हो उठता है। मेरे कुछ कहने पर वह खिलखिला अवश्य पड़ता है; पर मैं जानती हूँ, वह पूर्ण रूप से आश्वस्त नहीं है।

उसे कैसे बताऊँ कि मेरे प्यार का, मेरी कोमल भावनाओं का, भविष्य की मेरी अनेकानेक योजनाओं का एकमात्र केन्द्र संजय ही है। यह बात दूसरी है कि चाँदनी रात में, किसी निर्जन स्थान में, पेड़-तले बैठकर भी मैं अपनी थीसिस की बात करती हूँ या वह अपने ऑफ़िस की, मित्रों की बातें करता है, या हम किसी और विषय पर बात करने लगते हैं...पर इस सबका यह मतलब तो नहीं कि हम प्रेम नहीं करते ! वह क्यों नहीं समझता कि आज हमारी भावुकता यथार्थ में बदल गई है, सपनों की जगह हम वास्तविकता में जीते हैं ! हमारे प्रेम को परिपक्वता मिल गई है, जिसका आधार पाकर वह अधिक गहरा हो गया है, स्थायी हो गया है।

पर संजय को कैसे समझाऊँ यह सब ? कैसे उसे समझाऊँ कि निशीथ ने मेरा अपमान किया है, ऐसा अपमान, जिसकी कचोट से मैं आज भी तिलमिला जाती हूँ। सम्बन्ध तोड़ने से पहले एक बार तो उसने मुझे बताया होता कि आख़िर मैंने ऐसा कौन-सा अपराध कर डाला था, जिसके कारण उसने मुझे इतना कठोर दंड दे डाला ? सारी दुनिया की भर्त्सना, तिरस्कार, परिहास और दया का विष मुझे पीना पड़ा।...विश्वासघाती ! नीच कहीं का !...और संजय सोचता है कि आज भी मेरे मन में उसके लिए कोई

कोमल स्थान है ! छिः ! मैं उससे नफ़रत करती हूँ ! और सच पूछो तो अपने को भाग्यशालिनी समझती हूँ कि मैं एक ऐसे व्यक्ति के चंगुल में फँसने से बच गई, जिसके लिए प्रेम महज एक खिलवाड़ है।

संजय, यह तो सोचो कि यदि ऐसी कोई भी बात होती, तो क्या मैं तुम्हारे आगे, तुम्हारी हर उचित-अनुचित चेष्टा के आगे, यों आत्मसमर्पण करती ? तुम्हारे चुम्बनों और आलिंगनों में अपने को यों बिखरने देती ? जानते हो, विवाह से पहले कोई भी लड़की किसी को इन सबका अधिकार नहीं देती। पर मैंने दिया। क्या केवल इसीलिए नहीं कि मैं तुम्हें प्यार करती हूँ, बहुत-बहुत प्यार करती हूँ ? विश्वास करो संजय, तुम्हारा- मेरा प्यार ही सच है। निशीथ का प्यार तो मात्र छल था, भ्रम था, झूठ था।

**कानपुर**

परसों मुझे कलकत्ता जाना है। बड़ा डर लग रहा है। कैसे क्या होगा ? मान लो, इंटरव्यू में बहुत नर्वस हो गई, तो ? संजय को कह रही हूँ कि वह भी साथ चले; पर उसे ऑफ़िस से छुट्टी नहीं मिल सकती। एक तो नया शहर, फिर इंटरव्यू ! अपना कोई साथ होता तो बड़ा सहारा मिल जाता। मैं कमरा लेकर अकेली रहती हूँ, यों अकेली घूम-फिर भी लेती हूँ तो संजय सोचता है, मुझमें बड़ी हिम्मत है, पर सच, बड़ा डर लग रहा है।

बार-बार मैं यह मान लेती हूँ कि मुझे नौकरी मिल गई है और मैं संजय के साथ वहाँ रहने लगी हूँ। कितनी सुन्दर कल्पना है, कितनी मादक ! पर इंटरव्यू का भय मादकता से भरे इस स्वप्नजाल को छिन्न-भिन्न कर देता है...।

काश, संजय भी किसी तरह मेरे साथ चल पाता !

**कलकत्ता**

गाड़ी जब हावड़ा स्टेशन के प्लेटफॉर्म पर प्रवेश करती है तो जाने कैसी

विचित्र आशंका, विचित्र-से भय से मेरा मन भर जाता है। प्लेटफॉर्म पर खड़े असंख्य नर-नारियों में मैं इरा को ढूँढ़ती हूँ। वह कहीं दिखाई नहीं देती। नीचे उतरने के बजाय खिड़की में से ही दूर-दूर तक नज़रें दौड़ाती हूँ।...आख़िर एक कुली को बुलाकर, अपना छोटा-सा सूटकेस और बिस्तर उतारने का आदेश दे, मैं नीचे उतर पड़ती हूँ। उस भीड़ को देखकर मेरी दहशत जैसे और बढ़ जाती है। तभी किसी के हाथ के स्पर्श से मैं बुरी तरह चौंक जाती हूँ। पीछे देखती हूँ तो इरा खड़ी है।

रूमाल से चेहरे का पसीना पोंछते हुए कहती हूँ : "ओफ ! तुझे न देखकर मैं घबरा रही थी कि तुम्हारे घर भी कैसे पहुँचूँगी !"

बाहर आकर हम टैक्सी में बैठते हैं। अभी तक मैं स्वस्थ नहीं हो पाई हूँ। जैसे ही हावड़ा-पुल पर गाड़ी पहुँचती है, हुगली के जल को स्पर्श करती हुई ठंडी हवाएँ तन-मन को एक ताजगी से भर देती हैं। इरा मुझे इस पुल की विशेषता बताती है और मैं विस्मित-सी उस पुल को देखती हूँ, दूर-दूर तक फैले हुगली के विस्तार को देखती हूँ, उसकी छाती पर खड़ी और विहार करती अनेक नौकाओं को देखती हूँ, बड़े-बड़े जहाजों को देखती हूँ...।

उसके बाद बहुत ही भीड़-भरी सड़कों पर हमारी टैक्सी रुकती-रुकती चलती है। ऊँची-ऊँची इमारतों और चारों ओर के वातावरण से कुछ विचित्र-सी विराटता का आभास होता है, और इस सबके बीच जैसे मैं अपने को बड़ा खोया-खोया-सा महसूस करती हूँ। कहाँ पटना और कानपुर और कहाँ यह कलकत्ता ! मैंने तो आज तक कभी बहुत बड़े शहर देखे ही नहीं !

सारी भीड़ को चीरकर हम रैड रोड पर आ जाते हैं। चौड़ी शान्त सड़क। मेरे दोनों ओर लम्बे-चौड़े खुले मैदान।

"क्यों इरा, कौन-कौन लोग होंगे इंटरव्यू में ? मुझे तो बड़ा डर लग रहा है।"

"अरे, सब ठीक हो जाएगा ! तू और डर ? हम जैसे डरें तो कोई बात भी है। जिसने अपना सारा कैरियर अपने-आप बनाया, वह भला इंटरव्यू में डरे !" फिर कुछ देर ठहरकर कहती है : "अच्छा, भैया-भाभी तो पटना ही होंगे ? जाती है कभी उनके पास भी या नहीं ?"

"कानपुर आने के बाद एक बार गई थी। कभी-कभी यों ही पत्र

लिख देती हूँ।"

"भई कमाल के लोग हैं ! बहन को भी नहीं निभा सके !"

मुझे यह प्रसंग कतई पसन्द नहीं। मैं नहीं चाहती कि कोई इस विषय पर बात करे। मैं मौन ही रहती हूँ।

इरा का छोटा-सा घर है, सुन्दर ढंग से सजाया हुआ। उसके पति के दौरे पर जाने की बात सुनकर पहले तो मुझे अफ़सोस हुआ था; वे होते तो कुछ मदद ही करते ! पर फिर एकाएक लगा कि उनकी अनुपस्थिति में मैं शायद अधिक स्वतन्त्रता का अनुभव कर सकूँ। उनका बच्चा भी बड़ा प्यारा है।

शाम को इरा मुझे कॉफी-हाउस ले जाती है। अचानक मुझे वहाँ निशीथ दिखाई देता है। मैं सकपकाकर नज़र घुमा लेती हूँ। पर वह हमारी मेज़ पर ही आ पहुँचता है। विवश होकर मुझे उधर देखना पड़ता है, नमस्कार भी करना पड़ता है; इरा का परिचय भी करवाना पड़ता है। इरा पास की कुर्सी पर बैठने का निमन्त्रण दे देती है। मुझे लगता है, मेरी साँस रुक जाएगी।

"कब आईं ?"

"आज सवेरे ही।"

"अभी ठहरोगी ? ठहरी कहाँ हो ?"

जवाब इरा देती है। मैं देख रही हूँ, निशीथ बहुत बदल गया है। उसने कवियों की तरह बाल बढ़ा लिए हैं। यह क्या शौक चर्राया ? उसका रंग स्याह पड़ गया है। वह दुबला भी हो गया है।

विशेष बातचीत नहीं होती और हम लोग उठ पड़ते हैं। इरा को मुन्नू की चिन्ता सता रही थी, और मैं स्वयं भी घर पहुँचने को उतावली हो रही थी। कॉफ़ी-हाउस से धर्मतल्ला तक वह पैदल चलता हुआ हमारे साथ आता है। इरा उससे बात कर रही है, मानो वह इरा का ही मित्र हो ! इरा अपना पता समझा देती है और वह दूसरे दिन नौ बजे आने का वायदा करके चला जाता है।

पूरे तीन साल बाद निशीथ का यों मिलना ! न चाहकर भी जैसे सारा अतीत आँखों के सामने खुल जाता है। बहुत दुबला हो गया है निशीथ!...लगता है, जैसे मन में कहीं कोई गहरी पीड़ा छिपाए बैठा है।

मुझसे अलग होने का दुःख तो नहीं साल रहा है इसे ?

कल्पना चाहे कितनी भी मधुर क्यों न हो, एक तृप्ति-युक्त आनन्द देनेवाली क्यों न हो; पर मैं जानती हूँ, यह झूठ है। यदि ऐसा ही था तो कौन उसे कहने गया था कि तुम इस सम्बन्ध को तोड़ दो ? उसने अपनी इच्छा से ही तो यह सब किया था।

एकाएक ही मेरा मन कटु हो उठता है। यही तो है वह व्यक्ति जिसने मुझे अपमानित करके सारी दुनिया के सामने छोड़ दिया था, महज उपहास का पात्र बनाकर ! ओह, क्यों नहीं मैंने उसे पहचानने से इनकार कर दिया ? जब वह मेज़ के पास आकर खड़ा हुआ, तो क्यों नहीं मैंने कह दिया कि माफ़ कीजिए, मैं आपको पहचानती नहीं ? ज़रा उसका खिसियाना तो देखती ! वह कल भी आएगा। मुझे उसे साफ़-साफ़ मना कर देना चाहिए था कि मैं उसकी सूरत भी नहीं देखना चाहती, मैं उससे नफ़रत करती हूँ...!

अच्छा है, आए कल ! मैं उसे बता दूँगी कि जल्दी ही मैं संजय से विवाह करनेवाली हूँ। यह भी बता दूँगी कि मैं पिछला सब कुछ भूल चुकी हूँ। यह भी बता दूँगी कि मैं उससे घृणा करती हूँ और उसे जिन्दगी में कभी माफ़ नहीं कर सकती...।

यह सब सोचने के साथ-साथ जाने क्यों, मेरे मन में यह बात भी उठ रही थी कि तीन साल हो गए, अभी तक निशीथ ने विवाह क्यों नहीं किया ? करे न करे, मुझे क्या...?

क्या वह आज भी मुझसे कुछ उम्मीद रखता है ? हूँ ! मूर्ख कहीं का !

संजय ! मैंने तुमसे कितना कहा था कि तुम मेरे साथ चलो; पर तुम नहीं आए।...इस समय जबकि मुझे तुम्हारी इतनी-इतनी याद आ रही है, बताओ, मैं क्या करूँ ?

**कलकत्ता**

नौकरी पाना इतना मुश्किल है, इसका मुझे गुमान तक नहीं था। इरा कहती है कि डेढ़ सौ की नौकरी के लिए खुद मिनिस्टर तक सिफारिश करने पहुँच जाते हैं, फिर यह तो तीन सौ का जॉब है।...निशीथ सवेरे से

शाम तक इसी चक्कर में भटका है, यहाँ तक कि उसने अपने ऑफ़िस से भी छुट्टी ले ली है। वह क्यों मेरे काम में इतनी दिलचस्पी ले रहा है ? उसका परिचय बड़े-बड़े लोगों से है और वह कहता है कि जैसे भी होगा, वह काम मुझे दिलाकर ही मानेगा। पर आख़िर क्यों ?

कल मैंने सोचा था कि अपने व्यवहार की रुखाई से मैं स्पष्ट कर दूँगी कि अब वह मेरे पास न आए। पौने नौ बजे के करीब, जब मैं अपने टूटे हुए बाल फेंकने खिड़की पर गई, तो देखा : घर से थोड़ी दूर पर निशीथ टहल रहा है। वही लम्बे बाल, कुरता-पाजामा। तो वह समय से पहले ही आ गया ! संजय होता तो ग्यारह के पहले नहीं पहुँचता, समय पर पहुँचना तो वह जानता ही नहीं।

उसे यों चक्कर काटते देख मेरा मन जाने कैसा हो आया !...और जब वह आया तो मैं चाहकर भी कटु नहीं हो सकी। मैंने उसे कलकत्ता आने का मकसद बताया, तो लगा कि वह बड़ा प्रसन्न हुआ। वहीं बैठे-बैठे फ़ोन करके उसने इस नौकरी के सम्बन्ध में सारी जानकारी प्राप्त कर ली, कैसे क्या करना होगा, उसकी योजना भी बना डाली; बैठे-बैठे फ़ोन से ऑफ़िस को सूचना भी दे दी कि आज वह ऑफ़िस नहीं आएगा।

विचित्र स्थिति मेरी हो रही थी। उसके इस अपनत्व-भरे व्यवहार को मैं स्वीकार भी नहीं कर पाती थी, नकार भी नहीं पाती थी। सारा दिन मैं उसके साथ घूमती रही; पर काम की बात के अतिरिक्त उसने एक भी बात नहीं की। मैंने कई बार चाहा कि संजय की बात बता दूँ; पर बता नहीं सकी। सोचा, कहीं वह सुनकर यह दिलचस्पी लेना कम न कर दे। उसके आज-भर के प्रयत्नों से ही मुझे काफी उम्मीद हो चली थी। यह नौकरी मेरे लिए कितनी आवश्यक है, मिल जाए तो संजय कितना प्रसन्न होगा, हमारे विवाहित जीवन के आरम्भिक दिन कितने सुख में बीतेंगे!

शाम को हम घर लौटते हैं। मैं उसे बैठने को कहती हूँ; पर वह बैठता नहीं, बस खड़ा ही रहता है। उसके चौड़े ललाट पर पसीने की बूँदें चमक रही हैं। एकाएक ही मुझे लगता है, इस समय संजय होता, तो ? मैं अपने आँचल से उसका पसीना पोंछ देती, और वह...क्या बिना बाँहों में भरे, बिना प्यार किए यों ही चला जाता ?

"अच्छा, तो चलता हूँ।"

यन्त्रचलित-से मेरे हाथ जुड़ जाते हैं, वह लौट पड़ता है और मैं ठगी-सी देखती रहती हूँ।

सोते समय मेरी आदत है कि मैं संजय के लाए हुए फूलों को निहारती रहती हूँ। यहाँ वे फूल नहीं हैं तो बड़ा सूना-सूना सा लग रहा है।

पता नहीं संजय, तुम इस समय क्या कर रहे हो ! तीन दिन हो गए, किसी ने बाँहों में भरकर प्यार तक नहीं किया...।

**कलकत्ता**

आज सवेरे मेरा इंटरव्यू हो गया है। मैं शायद बहुत नर्वस हो गई थी और जैसे उत्तर मुझे देने चाहिए, वैसे नहीं दे पाई। पर निशीथ ने आकर बताया कि मेरा चुना जाना क़रीब-क़रीब तय हो गया है। मैं जानती हूँ, यह सब निशीथ की वजह से ही हुआ।

ढलते सूरज की धूप निशीथ के बाएँ गाल पर पड़ रही थी और सामने बैठा निशीथ इतने दिन बाद एक बार फिर मुझे बड़ा प्यारा-सा लगा।

मैंने देखा, मुझसे ज़्यादा वह प्रसन्न है। वह कभी किसी का अहसान नहीं लेता; पर मेरी ख़ातिर उसने न जाने कितने लोगों का अहसान लिया। आख़िर क्यों? क्या वह चाहता है कि मैं कलकत्ता आकर रहूँ उसके साथ, उसके पास ? एक अजीब-सी पुलक से मेरा तन-मन सिहर उठता है। वह ऐसा क्यों चाहता है ? उसका ऐसा चाहना बहुत ग़लत है, बहुत अनुचित है !...मैं अपने मन को समझाती हूँ, ऐसी कोई बात नहीं है, शायद वह केवल मेरे प्रति किए गए अन्याय का प्रतिकार करने के लिए यह सब कर रहा है ! पर क्या वह समझता है कि उसकी मदद से नौकरी पाकर मैं उसे क्षमा कर दूँगी, या जो कुछ उसने किया है, उसे भूल जाऊँगी ? असम्भव ! मैं कल ही उसे संजय की बात बता दूँगी।

"आज तो इस ख़ुशी में पार्टी हो जाए !"

काम की बात के अलावा यह पहला वाक्य मैं उसके मुँह से सुनती हूँ, मैं इरा की ओर देखती हूँ। वह प्रस्ताव का समर्थन करके भी मुन्नू की तबीयत का बहाना लेकर अपने को काट लेती है। अकेले जाना मुझे कुछ

अटपटा-सा लगता है। अभी तक तो काम का बहाना लेकर घूम रही थी, पर अब ? फिर भी मैं मना नहीं कर पाती। अन्दर जाकर तैयार होती हूँ। मुझे याद आता है, निशीथ को नीला रंग बहुत पसन्द था, मैं नीली साड़ी ही पहनती हूँ। बड़े चाव और सतर्कता से अपना प्रसाधन करती हूँ, और बार-बार अपने को टोकती जाती हूँ–किसको रिझाने के लिए यह सब हो रहा है ? क्या यह निरा पाग़लपन नहीं है ?

सीढ़ियों पर निशीथ हल्की-सी मुस्कुराहट के साथ कहता है : "इस साड़ी में तुम बहुत सुन्दर लग रही हो।"

मेरा चेहरा तमतमा जाता है; कनपटियाँ सुर्ख हो जाती हैं। मैं सचमुच ही इस वाक्य के लिए तैयार नहीं थी। यह सदा चुप रहनेवाला निशीथ बोला भी तो ऐसी बात।

मुझे ऐसी बातें सुनने की ज़रा भी आदत नहीं है। संजय न कभी मेरे कपड़ों पर ध्यान देता है, न ऐसी बातें करता है, जबकि उसे पूरा अधिकार है। और यह बिना अधिकार ऐसी बातें करे ?...

पर जाने क्या है कि मैं उस पर नाराज़ नहीं हो पाती हूँ; बल्कि एक पुलकमय सिहरन महसूस करती हूँ। सच, संजय के मुँह से ऐसा वाक्य सुनने को मेरा मन तरसता रहता है, पर उसने कभी ऐसी बात नहीं की। पिछले ढाई साल से मैं संजय के साथ रह रही हूँ। रोज़ ही शाम को हम घूमने जाते हैं। कितनी ही बार मैंने शृंगार किया, अच्छे कपड़े पहने, पर प्रशंसा का एक शब्द भी उसके मुँह से नहीं सुना। इन बातों पर उसका ध्यान ही नहीं जाता; वह देखकर भी जैसे यह सब नहीं देख पाता। इस वाक्य को सुनने के लिए तरसता हुआ मेरा मन जैसे रस से नहा जाता है। पर निशीथ ने यह बात क्यों कही ? उसे क्या अधिकार है ?

क्या सचमुच ही उसे अधिकार नहीं है ?...नहीं है ?

जाने कैसी मजबूरी है, कैसी विवशता है कि मैं इस बात का जवाब नहीं दे पाती हूँ। निश्चयात्मक दृढ़ता से नहीं कह पाती कि साथ चलते इस व्यक्ति को सचमुच ही मेरे विषय में ऐसी अवांछित बात कहने का कोई अधिकार नहीं है।

हम दोनों टैक्सी में बैठते हैं। मैं सोचती हूँ, आज मैं इसे संजय की बात बता दूँगी।

''स्काई-रूम !'' निशीथ टैक्सीवाले को आदेश देता है।

'टुन' की घंटी के साथ मीटर डाउन होता है और टैक्सी हवा से बातें करने लगती है। निशीथ बहुत सतर्कता से कोने में बैठा है, बीच में इतनी जगह छोड़कर कि यदि हिचकोला खाकर भी टैक्सी रुके, तो हमारा स्पर्श न हो। हवा के झोंके से मेरी रेशमी साड़ी का पल्लू उसके समूचे बदन को स्पर्श करता हुआ उसकी गोदी में पड़कर फरफराता है। वह उसे हटाता नहीं है। मुझे लगता है, यह रेशमी, सुवासित पल्लू उसके तन-मन को रस से भिगो रहा है, यह स्पर्श उसे पुलकित कर रहा है, मैं विजय के अकथनीय आह्लाद से भर जाती हूँ।

आज भी मैं संजय की बात नहीं कह पाती। चाहकर भी नहीं कह पाती। अपनी इस विवशता पर मुझे खीज भी आती है, पर मेरा मुँह है कि खुलता ही नहीं। मुझे लगता है कि मैं जैसे कोई बहुत बड़ा अपराध कर रही होऊँ; पर फिर भी मैं कुछ नहीं कह सकी।

यह निशीथ कुछ बोलता क्यों नहीं ? उसका यों कोने में दुबककर निर्विकार भाव से बैठे रहना मुझे कतई अच्छा नहीं लगता। एकाएक ही मुझे संजय की याद आने लगती है। इस समय वह यहाँ होता तो उसका हाथ मेरी कमर में लिपटा होता ! यों सड़क पर ऐसी हरकतें मुझे स्वयं पसन्द नहीं; पर जाने क्यों, किसी की बाँहों की लपेट के लिए मेरा मन ललक उठता है। मैं जानती हूँ कि जब निशीथ बग़ल में बैठा हो, उस समय ऐसी इच्छा करना, या ऐसी बात सोचना भी कितना अनुचित है। पर मैं क्या करूँ ? जितनी द्रुतगति से टैक्सी चली जा रही है, मुझे लगता है, उतनी ही द्रुतगति से मैं भी बही जा रही हूँ, अनुचित, अवांछित दिशाओं की ओर।

टैक्सी झटका खाकर रुकती है तो मेरी चेतना लौटती है। मैं जल्दी से दाहिनी ओर का फाटक खोलकर कुछ इस हड़बड़ी से नीचे उतर पड़ती हूँ; मानो अन्दर निशीथ मेरे साथ कोई बदतमीजी कर रहा हो।

''अजी, इधर से उतरना चाहिए कभी ?'' टैक्सीवाला कहता है, मुझे अपनी ग़लती का भान होता है। उधर निशीथ खड़ा है, इधर मैं, बीच में टैक्सी!

पैसे लेकर टैक्सी चली जाती है तो हम दोनों एक-दूसरे के आमने-

सामने हो जाते हैं। एकाएक ही मुझे ख़याल आता है कि टैक्सी के पैसे आज तो मुझे ही देने चाहिए थे। पर अब क्या हो सकता था ! चुपचाप हम दोनों अन्दर जाते हैं। आस-पास बहुत कुछ है, चहल-पहल, रौशनी, रौनक। पर मेरे लिए जैसे सबका अस्तित्व ही मिट जाता है। मैं अपने को सबकी नज़रों से ऐसे बचाकर चलती हूँ, मानो मैंने कोई अपराध कर डाला हो, और कोई मुझे पकड़ न ले।

क्या सचमुच ही मुझसे कोई अपराध हो गया है ?

आमने-सामने हम दोनों बैठ जाते हैं। मैं होस्ट हूँ, फिर भी उसका पार्ट वही अदा कर रहा है। वही ऑर्डर देता है। बाहर की हलचल और उससे अधिक मन की हलचल में मैं अपने को खोया-खोया-सा महसूस करती हूँ।

हम दोनों के सामने बैरा कोल्ड-कॉफी के गिलास और खाने का कुछ सामान रख जाता है। मुझे बार-बार लगता है कि निशीथ कुछ कहना चाह रहा है। मैं उसके होंठों की धड़कन तक महसूस करती हूँ। वह जल्दी से कॉफी का स्ट्रॉ मुँह से लगा लेता है।

मूर्ख कहीं का ! वह सोचता है, मैं बेवकूफ़ हूँ। मैं अच्छी तरह जानती हूँ कि इस समय वह क्या सोच रहा है।

तीन दिन साथ रहकर भी हमने उस प्रसंग को नहीं छेड़ा। शायद नौकरी की बात ही हमारे दिमाग़ों पर छाई हुई थी। पर आज...आज अवश्य ही वह बात आएगी ! न आए, यह कितना अस्वाभाविक है ! पर नहीं, स्वाभाविक शायद यही है। तीन साल पहले जो अध्याय सदा के लिए बन्द हो गया, उसे उलटकर देखने का साहस शायद हम दोनों में से किसी में नहीं है। जो सम्बन्ध टूट गए, टूट गए। अब उन पर कौन बात करे ? मैं तो कभी नहीं करूँगी। पर उसे तो करना चाहिए। तोड़ा उसने था, बात भी वही आरम्भ करे। मैं क्यों करूँ, और मुझे क्या पड़ी है ? मैं तो जल्दी ही संजय से विवाह करनेवाली हूँ। क्यों नहीं मैं इसे अभी संजय की बात बता देती ? पर जाने कैसी विवशता है, जाने कैसा मोह है कि मैं मुँह नहीं खोल पाती। एकाएक मुझे लगता है जैसे उसने कुछ कहा...।

"आपने कुछ कहा ?"

"नहीं तो !"

मैं खिसिया जाती हूँ।

फिर वही मौन ! खाने में मेरा ज़रा भी मन नहीं लग रहा है; पर यन्त्रचलित-सी मैं खा रही हूँ। शायद वह भी ऐसे ही खा रहा है। मुझे फिर लगता है कि उसके होंठ फड़क रहे हैं, और स्ट्रॉ पकड़े हुए उँगलियाँ काँप रही हैं। मैं जानती हूँ, वह पूछना चाहता है : दीपा, तुमने मुझे माफ़ तो कर दिया न ?

वह पूछ ही क्यों नहीं लेता ? मान लो, यदि पूछ ही ले, तो क्या मैं कह सकूँगी कि मैं तुम्हें जिन्दगी-भर माफ़ नहीं कर सकती, मैं तुमसे नफ़रत करती हूँ, मैं तुम्हारे साथ घूम-फिर ली, या कॉफी पी ली, तो यह मत समझो कि मैं तुम्हारे विश्वासघात की बात को भूल गई हूँ ?

और एकाएक ही पिछला सब कुछ मेरी आँखों के आगे तैरने लगता है। पर यह क्या ? असह्य अपमानजनित पीड़ा, क्रोध और कटुता क्यों नहीं याद आती ? मेरे सामने तो पटना में गुजारी सुहानी सन्ध्याओं और चाँदनी रातों के वे चित्र उभरकर आते हैं, जब घंटों समीप बैठ, मौन भाव से हम एक-दूसरे को निहारा करते थे। बिना स्पर्श किए भी जाने कैसी मादकता तन-मन को विभोर किए रहती थी, जाने कैसी तन्मयता में हम डूबे रहते थे...एक विचित्र-सी, स्वप्निल दुनिया में !...मैं कुछ बोलना भी चाहती तो वह मेरे मुँह पर उँगली रखकर कहता : "आत्मीयता के ये क्षण अनकहे ही रहने दो, दीपा !"

आज भी तो हम मौन ही हैं, एक-दूसरे के निकट ही हैं। क्या आज भी हम आत्मीयता के उन्हीं क्षणों में गुज़र रहे हैं ? मैं अपनी सारी शक्ति लगाकर चीख़ पड़ना चाहती हूँ, नहीं !...नहीं !...नहीं !...पर कॉफी सिप करने के अतिरिक्त मैं कुछ नहीं कर पाती। मेरा यह विरोध हृदय की न जाने कौन-सी अतल गहराइयों में डूब जाता है !

निशीथ मुझे बिल नहीं देने देता। एक विचित्र-सी भावना मेरे मन में उठती है कि छीना-झपटी में किसी तरह मेरा हाथ इसके हाथ से छू जाए ! मैं अपने स्पर्श से उसके मन के तारों को झनझना देना चाहती हूँ। पर वैसा अवसर नहीं आता। बिल वही देता है, मुझसे तो विरोध भी नहीं किया जाता।

मन में प्रचंड तूफ़ान ! पर फिर भी निर्विकार भाव से मैं टैक्सी में

आकर बैठती हूँ...फिर वही मौन, वही दूरी। पर जाने क्या है कि मुझे लगता है कि निशीथ मेरे बहुत निकट आ गया है, बहुत ही निकट ! बार-बार मेरा मन करता है कि क्यों नहीं निशीथ मेरा हाथ पकड़ लेता, क्यों नहीं मेरे कन्धे पर हाथ रख देता ? मैं ज़रा भी बुरा नहीं मानूँगी, ज़रा भी नहीं ! पर वह कुछ भी नहीं करता।

सोते समय रोज़ की तरह मैं आज भी संजय का ध्यान करते हुए ही सोना चाहती हूँ, पर निशीथ है कि बार-बार संजय की आकृति को हटाकर स्वयं आ खड़ा होता है...।

**कलकत्ता**

अपनी मजबूरी पर खीज-खीज जाती हूँ। आज कितना अच्छा मौक़ा था सारी बात बता देने का ! पर मैं जाने कहाँ भटकी थी कि कुछ भी नहीं बता पाई।

शाम को मुझे निशीथ अपने साथ 'लेक' ले गया। पानी के किनारे हम घास पर बैठ गए। कुछ दूर पर काफी भीड़-भाड़ और चहल-पहल थी, पर यह स्थान अपेक्षाकृत शान्त था। सामने लेक के पानी में छोटी-छोटी लहरें उठ रही थीं। चारों ओर के वातावरण का कुछ विचित्र-सा भाव मन पर पड़ रहा था।

"अब तो तुम यहाँ आ जाओगी !" मेरी ओर देखकर उसने कहा।

"हाँ !"

"नौकरी के बाद क्या इरादा है ?"

मैंने देखा, उसकी आँखों में कुछ जानने की आतुरता फैलती जा रही है, शायद कुछ कहने की भी। मुझसे कुछ जानकर वह अपनी बात कहेगा।

"कुछ नहीं !" जाने क्यों मैं यह कह गई। कोई है जो मुझे कचोटे डाल रहा है। क्यों नहीं मैं बता देती कि नौकरी के बाद मैं संजय से विवाह करूँगी, मैं संजय से प्रेम करती हूँ, वह मुझसे प्रेम करता है ? वह बहुत अच्छा है, बहुत ही ! वह मुझे तुम्हारी तरह धोखा नहीं देगा; पर मैं कुछ भी तो नहीं कह पाती। अपनी इस बेबसी पर मेरी आँखें छलछला आती

हैं। मैं दूसरी ओर मुँह फेर लेती हूँ।

"तुम्हारे यहाँ आने से मैं बहुत ख़ुश हूँ !"

मेरी साँस जहाँ-की-तहाँ रुक जाती है आगे के शब्द सुनने के लिए; पर शब्द नहीं आते। बड़ी कातर, करुण और याचना-भरी दृष्टि से मैं उसे देखती हूँ, मानो कह रही होऊँ कि तुम कह क्यों नहीं देते निशीथ, कि आज भी तुम मुझे प्यार करते हो, तुम मुझे सदा अपने पास रखना चाहते हो, जो कुछ हो गया है, उसे भूलकर तुम मुझसे विवाह करना चाहते हो? कह दो, निशीथ, कह दो !...यह सुनने के लिए मेरा मन अकुला रहा है, छटपटा रहा है ! मैं बुरा नहीं मानूँगी, ज़रा भी बुरा नहीं मानूँगी। मान ही कैसे सकती हूँ निशीथ ! इतना सब हो जाने के बाद भी शायद मैं तुम्हें प्यार करती हूँ–शायद नहीं, सचमुच ही मैं तुम्हें प्यार करती हूँ !

मैं जानती हूँ–तुम कुछ नहीं कहोगे, सदा के ही मितभाषी जो हो। फिर भी कुछ सुनने की आतुरता लिए मैं तुम्हारी तरफ़ देखती रहती हूँ। पर तुम्हारी नज़र तो लेक के पानी पर जमी हुई है...शान्त, मौन !

आत्मीयता के ये क्षण अनकहे भले ही रह जाएँ पर अनबूझे नहीं रह सकते। तुम चाहे न कहो, पर मैं जानती हूँ, तुम आज भी मुझे प्यार करते हो, बहुत प्यार करते हो ! मेरे कलकत्ता आ जाने के बाद इस टूटे सम्बन्ध को फिर से जोड़ने की बात ही तुम इस समय सोच रहे हो। तुम आज भी मुझे अपना ही समझते हो, तुम जानते हो, आज भी दीपा तुम्हारी है !...और मैं ?

लगता है, इस प्रश्न का उत्तर देने का साहस मुझमें नहीं है। मुझे डर है कि जिस आधार पर मैं तुमसे नफ़रत करती थी, उसी आधार पर कहीं मुझे अपने से नफ़रत न करनी पड़े।

लगता है, रात आधी से भी अधिक ढल गई है।

## कानपुर

मन में उत्कट अभिलाषा होते हुए भी निशीथ की आवश्यक मीटिंग की बात सुनकर मैंने कह दिया था कि तुम स्टेशन मत आना। इरा

आई थी; पर गाड़ी पर बिठाकर ही चली गई, या कहूँ कि मैंने जबर्दस्ती ही उसे भेज दिया। मैं जानती थी कि लाख मना करने पर भी निशीथ आएगा और विदा के उन अन्तिम क्षणों में मैं उसके साथ अकेली ही रहना चाहती थी। मन में एक दबी-सी आशा थी कि चलते समय ही शायद वह कुछ कह दे।

गाड़ी चलने में जब दस मिनट रह गए तो देखा : बड़ी व्यग्रता से डिब्बों में झाँकता-झाँकता निशीथ आ रहा था।...पाग़ल ! उसे इतना तो समझना चाहिए कि उसकी प्रतीक्षा में मैं यहाँ बाहर खड़ी हूँ !

मैं दौड़कर उसके पास जाती हूँ : "आप क्यों आए ?" पर मुझे उसका आना बड़ा अच्छा लगता है ! वह बहुत थका हुआ लग रहा है। शायद सारा दिन बहुत व्यस्त रहा और दौड़ता-दौड़ता मुझे सी-ऑफ करने यहाँ आ पहुँचा। मन करता है कुछ ऐसा करूँ, जिससे इसकी सारी थकान दूर हो जाए। पर क्या करूँ ? हम डिब्बे के पास आ जाते हैं।

"जगह अच्छी मिल गई ?" वह अन्दर झाँकते हुए पूछता है।

"हाँ !"

"पानी-वानी तो है ?"

"है।"

"बिस्तर फैला लिया ?"

मैं खीज पड़ती हूँ। वह शायद समझ जाता है, सो चुप हो जाता है। हम दोनों एक क्षण को एक-दूसरे की ओर देखते हैं। मैं उसकी आँखों में विचित्र-सी छायाएँ देखती हूँ; मानो कुछ है, जो उसके मन में घुट रहा है, उसे मथ रहा है, पर वह कह नहीं पा रहा है। वह क्यों नहीं कह देता ? क्यों नहीं अपने मन की इस घुटन को हल्का कर लेता ?

"आज भीड़ विशेष नहीं है," चारों ओर नज़र डालकर वह कहता है।

मैं भी एक बार चारों ओर देख लेती हूँ, पर नज़र मेरी बार-बार घड़ी पर ही जा रही है। जैसे-जैसे समय सरक रहा है, मेरा मन किसी गहरे अवसाद में डूब रहा है। मुझे कभी उस पर दया आती है तो कभी खीज। गाड़ी चलने में केवल तीन मिनट बाक़ी रह गए हैं। एक बार फिर हमारी नज़रें मिलती हैं।

"ऊपर चढ़ जाओ, अब गाड़ी चलनेवाली है।"

बड़ी असहाय-सी नज़र से मैं उसे देखती हूँ; मानो कह रही होऊँ, तुम्हीं चढ़ा दो।...और फिर धीरे-धीरे चढ़ जाती हूँ। दरवाज़े पर मैं खड़ी हूँ और वह नीचे प्लेटफॉर्म पर।

"जाकर पहुँचने की ख़बर देना। जैसे ही मुझे इधर कुछ निश्चित रूप से मालूम होगा, तुम्हें सूचना दूँगा।"

मैं कुछ बोलती नहीं, बस उसे देखती रहती हूँ...।

सीटी...हरी झंडी...फिर सीटी। मेरी आँखें छलछला आती हैं।

गाड़ी एक हल्के-से झटके के साथ सरकने लगती है। वह गाड़ी के साथ क़दम आगे बढ़ाता है और मेरे हाथ पर धीरे-से अपना हाथ रख देता है। मेरा रोम-रोम सिहर उठता है। मन करता है चिल्ला पड़ूँ–मैं सब समझ गई, निशीथ, सब समझ गई! जो कुछ तुम इन चार दिनों में नहीं कह पाए, वह तुम्हारे इस क्षणिक स्पर्श ने कह दिया। विश्वास करो, यदि तुम मेरे हो तो मैं भी तुम्हारी हूँ; केवल तुम्हारी, एकमात्र तुम्हारी!...पर मैं कुछ कह नहीं पाती। बस, साथ चलते निशीथ को देखती-भर रहती हूँ। गाड़ी के गति पकड़ते ही वह हाथ को ज़रा-सा दबाकर छोड़ देता है। मेरी छलछलाई आँखें मुँद जाती हैं। मुझे लगता है, यह स्पर्श, यह सुख, यह क्षण ही सत्य है, बाक़ी सब झूठ है; अपने को भूलने का, भरमाने का, छलने का असफल प्रयास है।

आँसू-भरी आँखों से मैं प्लेटफॉर्म को पीछे छूटता हुआ देखती हूँ। सारी आकृतियाँ धुँधली-सी दिखाई देती हैं। असंख्य हिलते हुए हाथों के बीच निशीथ के हाथ को, उस हाथ को, जिसने मेरा हाथ पकड़ा था, ढूँढ़ने का असफल-सा प्रयास करती हूँ। गाड़ी प्लेटफॉर्म को पार कर जाती है, और दूर-दूर तक कलकत्ता की जगमगाती बत्तियाँ दिखाई देती हैं। धीरे-धीरे वे सब दूर हो जाती हैं, पीछे छूटती जाती हैं। मुझे लगता है, यह दैत्याकार ट्रेन मुझे मेरे घर से कहीं दूर ले जा रही है–अनदेखी, अनजानी राहों में गुमराह करने के लिए, भटकाने के लिए !

बोझिल मन से मैं अपने फैलाए हुए बिस्तर पर लेट जाती हूँ। आँखें बन्द करते ही सबसे पहले मेरे सामने संजय का चित्र उभरता है... कानपुर जाकर मैं उसे क्या कहूँगी ? इतने दिनों तक उसे छलती आई,

अपने को छलती आई, पर अब नहीं।...मैं उसे सारी बात समझा दूँगी। कहूँगी, संजय जिस सम्बन्ध को टूटा हुआ जानकर मैं भूल चुकी थी, उसकी जड़ें हृदय की किन अतल गहराइयों में जमी हुई थीं, इसका अहसास कलकत्ता में निशीथ से मिलकर हुआ। याद आता है, तुम निशीथ को लेकर सदैव ही संदिग्ध रहते थे; पर तब मैं तुम्हें ईर्ष्यालु समझती थी; आज स्वीकार करती हूँ कि तुम जीते, मैं हारी !

सच मानना संजय, ढाई साल मैं स्वयं भ्रम में थी और तुम्हें भी भ्रम में डाल रखा था; पर आज भ्रम के, छलना के सारे ही जाल छिन्न-भिन्न हो गए हैं। मैं आज भी निशीथ को प्यार करती हूँ। और यह जानने के बाद, एक दिन भी तुम्हारे साथ और छल करने का दुस्साहस कैसे करूँ ? आज पहली बार मैंने अपने सम्बन्धों का विश्लेषण किया, तो जैसे सब कुछ ही स्पष्ट हो गया और जब मेरे सामने सब कुछ स्पष्ट हो गया, तो तुमसे कुछ भी नहीं छिपाऊँगी, तुम्हारे सामने मैं चाहूँ तो भी झूठ नहीं बोल सकती।

आज लग रहा है, तुम्हारे प्रति मेरे मन में जो भी भावना है वह प्यार की नहीं, केवल कृतज्ञता की है। तुमने मुझे उस समय सहारा दिया था, जब अपने पिता और निशीथ को खोकर मैं चूर-चूर हो चुकी थी। सारा संसार मुझे वीरान नज़र आने लगा था, उस समय तुमने अपने स्नेहिल स्पर्श से मुझे जिला दिया; मेरा मुरझाया, मरा मन हरा हो उठा; मैं कृतकृत्य हो उठी, और समझने लगी कि मैं तुमसे प्यार करती हूँ। पर प्यार की बेसुध घड़ियाँ, वे विभोर क्षण, तन्मयता के वे पल, जहाँ शब्द चुक जाते हैं, हमारे जीवन में कभी नहीं आए। तुम्हीं बताओ, आए कभी ? तुम्हारे असंख्य आलिंगनों और चुम्बनों के बीच भी, एक क्षण के लिए भी तो मैंने कभी तन-मन की सुध बिसरा देनेवाली पुलक या मादकता का अनुभव नहीं किया।

सोचती हूँ, निशीथ के चले जाने के बाद मेरे जीवन में एक विराट शून्यता आ गई थी, एक खोखलापन आ गया था, तुमने उसकी पूर्ति की। तुम पूरक थे, मैं ग़लती से तुम्हें प्रियतम समझ बैठी।

मुझे क्षमा कर दो संजय और लौट जाओ। तुम्हें मुझ जैसी अनेक दीपाएँ मिल जाएँगी, जो सचमुच ही तुम्हें प्रियतम की तरह प्यार

करेंगी। आज एक बात अच्छी तरह जान गई हूँ कि प्रथम प्रेम ही सच्चा प्रेम होता है; बाद में किया हुआ प्रेम तो अपने को भूलने का, भरमाने का प्रयास-मात्र होता है...।

इसी तरह की असंख्य बातें मेरे दिमाग़ में आती हैं, जो मैं संजय से कहूँगी। कह सकूँगी यह सब ? लेकिन कहना तो होगा ही। उसके साथ अब एक दिन भी छल नहीं कर सकती। मन से किसी और की आराधना करके तन से उसकी होने का अभिनय करती रहूँ ? छीः ! नहीं जानती, यही सब सोचते-सोचते मुझे कब नींद आ गई।

लौटकर अपना कमरा खोलती हूँ, तो देखती हूँ, सब कुछ ज्यों-का-त्यों है, सिर्फ़ फूलदान के रजनीगन्धा मुरझा गए हैं। कुछ फूल झरकर ज़मीन पर इधर-उधर भी बिखर गए हैं।

आगे बढ़ती हूँ तो ज़मीन पर पड़ा एक लिफ़ाफ़ा दिखाई देता है। संजय की लिखाई है, खोला तो छोटा-सा पत्र था :

दीपा,

तुमने तो कलकत्ता जाकर कोई सूचना ही नहीं दी। मैं आज ऑफ़िस के काम से कटक जा रहा हूँ। पाँच-छह दिन में लौट आऊँगा। तब तक तुम आ ही जाओगी। जानने को उत्सुक हूँ कि कलकत्ता में क्या हुआ ?

तुम्हारा,
संजय

एक लम्बा निःश्वास निकल जाता है। लगता है, एक बड़ा बोझ हट गया। इस अवधि में तो मैं अपने को अच्छी तरह तैयार कर लूँगी।

नहा-धोकर सबसे पहले मैं निशीथ को पत्र लिखती हूँ। उसकी उपस्थिति से जो हिचक मेरे होंठ बन्द किए हुए थी, दूर रहकर वह अपने-आप ही टूट जाती है। मैं स्पष्ट शब्दों में लिख देती हूँ कि चाहे उसने कुछ नहीं कहा, फिर भी मैं सब कुछ समझ गई हूँ। साथ ही यह भी लिख देती हूँ कि मैं उसकी उस हरकत से बहुत दुखी थी, बहुत नाराज़ भी; पर उसे देखते ही जैसे सारा क्रोध बह गया। इस अपनत्व में क्रोध भला

टिक भी कैसे पाता ? लौटी हूँ, तब से न जाने कैसी रंगीनी और मादकता मेरी आँखों के आगे छाई है...!

एक खूबसूरत-से लिफ़ाफ़े में उसे बन्द करके मैं स्वयं पोस्ट करने जाती हूँ।

रात में सोती हूँ तो अनायास ही मेरी नज़र सूने फूलदान पर जाती है। मैं करवट बदलकर सो जाती हूँ।

**कानपुर**

आज निशीथ को पत्र लिखे पाँचवाँ दिन है। मैं तो कल ही उसके पत्र की राह देख रही थी। पर आज की भी दोनों डाकें निकल गईं। जाने कैसा सूना-सूना, अनमना-अनमना लगता रहा सारा दिन ! किसी भी तो काम में जी नहीं लगता। क्यों नहीं लौटती डाक से ही उत्तर दे दिया उसने ? समझ में नहीं आता, कैसे समय गुजारूँ !

मैं बाहर बालकनी में जाकर खड़ी हो जाती हूँ। एकाएक ख़याल आता है, पिछले ढाई सालों से क़रीब इसी समय, यहीं खड़े होकर मैंने संजय की प्रतीक्षा की है। क्या आज मैं संजय की प्रतीक्षा कर रही हूँ ? या मैं निशीथ के पत्र की प्रतीक्षा कर रही हूँ ? शायद किसी की नहीं, क्योंकि जानती हूँ कि दोनों में से कोई भी नहीं आएगा। फिर ?

निरुद्देश्य-सी कमरे में लौट पड़ती हूँ। शाम का समय मुझसे घर में नहीं काटा जाता। रोज़ ही तो संजय के साथ घूमने निकल जाया करती थी। लगता है; यहीं बैठी रही तो दम ही घुट जाएगा। कमरा बन्द करके मैं अपने को धकेलती-सी सड़क पर ले आती हूँ।...शाम का धुँधलका मन के बोझ को और भी बढ़ा देता है। कहाँ जाऊँ ? लगता है, जैसे मेरी राहें भटक गई हैं, मंज़िल खो गई है। मैं स्वयं नहीं जानती, आख़िर मुझे जाना कहाँ है। फिर भी निरुद्देश्य-सी चलती रहती हूँ। पर आख़िर कब तक यूँ भटकती रहूँ ? हारकर लौट पड़ती हूँ।

आते ही मेहता साहब की बच्ची तार का एक लिफ़ाफ़ा देती है। धड़कते दिल से मैं उसे खोलती हूँ। इरा का तार था।

'नियुक्ति हो गई है। बधाई !'

इतनी बड़ी ख़ुशख़बरी पाकर भी जाने क्या है कि ख़ुश नहीं हो पाती। यह ख़बर तो निशीथ भेजनेवाला था। एकाएक ही एक विचार मन में आता है : क्या जो कुछ मैं सोच गई, वह निरा भ्रम ही था, मात्र मेरी कल्पना, मेरा अनुमान ? नहीं-नहीं ! उस स्पर्श को मैं भ्रम कैसे मान लूँ, जिसने मेरे तन-मन को डुबो दिया था, जिसके द्वारा उसके हृदय की एक-एक परत मेरे सामने खुल गई थी ?...लेक पर बिताए उन मधुर क्षणों को भ्रम कैसे मान लूँ, जहाँ उसका मौन ही मुखरित होकर सब कुछ कह गया था ? आत्मीयता के वे अनकहे क्षण ! तो फिर उसने पत्र क्यों नहीं लिखा ? क्या कल उसका पत्र आएगा ? क्या आज भी उसे वही हिचक रोके हुए है ?

तभी सामने की घड़ी टन्-टन् करके नौ बजाती है। मैं उसे देखती हूँ। यह संजय की लाई हुई है।...लगता है, जैसे यह घड़ी घंटे सुना-सुनाकर मुझे संजय की याद दिला रही है। फहराते ये हरे पर्दे, यह हरी बुक-रैक, यह टेबल, यह फूलदान, सभी तो संजय के ही लाए हुए हैं। मेज़ पर रखा यह पेन उसने मुझे साल-गिरह पर लाकर दिया था।

अपनी चेतना के इन बिखरे सूत्रों को समेटकर मैं फिर पढ़ने का प्रयास करती हूँ, पर पढ़ नहीं पाती। हारकर मैं पलंग पर लेट जाती हूँ।

सामने के फूलदान का सूनापन मेरे मन के सूनेपन को और अधिक बढ़ा देता है। मैं कसकर आँखें मूँद लेती हूँ।...एक बार फिर मेरी आँखों के आगे लेक का स्वच्छ, नीला जल उभर आता है, जिसमें छोटी-छोटी लहरें उठ रही थीं। उस जल की ओर देखते हुए निशीथ की आकृति उभरकर आती है। वह लाख जल की ओर देखे; पर चेहरे पर अंकित उसके मन की हलचल को मैं आज भी, इतनी दूर रहकर भी महसूस करती हूँ। कुछ न कह पाने की मजबूरी, उसकी विवशता, उसकी घुटन आज भी मेरे सामने साकार हो उठती है। धीरे-धीरे लेक के पानी का विस्तार सिमटता जाता है, और एक छोटी-सी राइटिंग टेबल में बदल जाता है, और मैं देखती हूँ कि एक हाथ में पेन लिए और दूसरे हाथ की उँगलियों को बालों में उलझाए निशीथ बैठा है...वही मजबूरी, वही विवशता, वही घुटन लिए।...वह चाहता है; पर जैसे लिख नहीं पाता। वह कोशिश करता है, पर उसका हाथ बस काँपकर रह जाता है।...ओह ! लगता है, उसकी घुटन मेरा दम घोंटकर रख देगी।...मैं एकाएक ही आँखें खोल देती हूँ। वही फूलदान,

पर्दे, मेज़, घड़ी...!

## कानपुर

आख़िर आज निशीथ का पत्र आ गया। धड़कते दिल से मैंने उसे खोला। इतना छोटा-सा पत्र !

प्रिय दीपा,

तुम अच्छी तरह पहुँच गईं, यह जानकर प्रसन्नता हुई।

तुम्हें अपनी नियुक्ति का तार तो मिल ही गया होगा। मैंने कल ही इराजी को फ़ोन करके सूचना दे दी थी, और उन्होंने बताया था कि तार दे देंगी। ऑफ़िस की ओर से भी सूचना मिल जाएगी।

इस सफलता के लिए मेरी ओर से हार्दिक बधाई स्वीकार करना। सच, मैं बहुत ख़ुश हूँ कि तुम्हें यह काम मिल गया ! मेहनत सफल हो गई। शेष फिर।

शुभेच्छु,
निशीथ

बस ? धीरे-धीरे पत्र के सारे शब्द आँखों के आगे लुप्त हो जाते हैं, रह जाता है केवल : 'शेष फिर !'

तो अभी उसके पास 'कुछ' लिखने को शेष है ? क्यों नहीं लिख दिया उसने अभी ? क्या लिखेगा वह ?

"दीप !"

मैं मुड़कर दरवाज़े की ओर देखती हूँ। रजनीगन्धा के ढेर सारे फूल लिए मुस्कुराता-सा संजय खड़ा है। एक क्षण मैं संज्ञा-शून्य-सी उसे इस तरह देखती हूँ, मानो पहचानने की कोशिश कर रही होऊँ। वह आगे बढ़ता है, तो मेरी खोई हुई चेतना लौटती है, और विक्षिप्त-सी दौड़कर उससे लिपट जाती हूँ।

"क्या हो गया है तुम्हें, पाग़ल हो गई हो क्या ?"

"तुम कहाँ चले गए थे संजय ?" और मेरा स्वर टूट जाता है।

अनायास ही आँखों से आँसू बह चलते हैं।

"क्या हो गया ? कलकत्ता का काम नहीं मिला क्या ?...मारो भी गोली काम को। तुम इतनी परेशान क्यों हो रही हो उसके लिए ?"

पर मुझसे कुछ नहीं बोला जाता। बस, मेरी बाँहों की जकड़ कसती जाती है, कसती जाती है। रजनीगन्धा की महक धीरे-धीरे मेरे तन-मन पर छा जाती है। तभी मैं अपने भाल पर संजय के अधरों का स्पर्श महसूस करती हूँ, और मुझे लगता है, यह स्पर्श, यह सुख, यह क्षण ही सत्य है, वह सब झूठ था, मिथ्या था, भ्रम था...।

और हम दोनों एक-दूसरे के आलिंगन में बँधे रहते हैं–चुम्बित, प्रति-चुम्बित !

*'यही सच है' संकलन से*

# पटकथा

### 1. दिन : रेल का डिब्बा और प्लेटफॉर्म

*दीपा (22) रेल के डिब्बे में खिड़की के पास बैठी है। उसकी आँखें बन्द हैं। खिड़की से हम ट्रेन को पूरी रफ्तार से भागते हुए देख सकते हैं। दीपा आँखें खोलती हैं। हैरान। सारा डिब्बा खाली है। भयभीत। वह खड़ी होती है। चेन निकलकर उसके हाथ में आ जाती है। वापस अपने डिब्बे में दौड़कर आती है हाँफती है।*
*ट्रेन एक प्लेटफॉर्म पर रुकती है। दीपा नीचे उतरती है। प्लेटफॉर्म भी खाली, कोई दिखाई नहीं दे रहा। वह स्टेशन मास्टर के कमरे की तरफ भागती है। ट्रेन चल पड़ती है। दीपा ट्रेन पकड़ने को दौड़ती है। लेकिन पकड़ नहीं पाती। वह हताशा में भागती है। अचानक ट्रेन की खिड़कियों से उसे बाहर देखते हुए यात्री उसे दिखते हैं, जो उसे देखकर हँस रहे हैं। दीपा ट्रेन के पीछे भागती है, और गिर जाती है।*

### 2. दिन : दीपा का शयनकक्ष

*दीपा अचानक अपनी आँखें खोलती है। उठती है। हाँफती है। उसकी भाभी (30) आती है।*

**भाभी :** उठ गई। चल, चाय तैयार है।

**दीपा :** भाभी, आज मैंने बहुत ही डरावना सपना देखा।

**भाभी :** वह तो तू रोज ही देखती रहती है। चल उठ। हम एक बजे की गाड़ी से जा रहे हैं।

**दीपा :** वापस कब आओगी भाभी?

**भाभी :** तेरे भैया ने छुट्टी तो एक महीने की ली है लेकिन उनका कहना है कि ससुराल भी कोई रहने की जगह है। मेरी बहन की शादी न होती तो ये कभी न जाते।

**दीपा :** नहीं भाभी, जाओ। भैया तो यूँ ही कहते रहते हैं। अच्छी तरह घूमकर आओ।

**भाभी :** घूम तो आऊँ लेकिन तेरा भी तो खयाल है। तुझे अकेला छोड़कर...।

**दीपा :** अकेली कहाँ हूँ मैं? बहादुर है। फिर नीचे मेहता आंटी भी तो हैं...।

**भाभी :** *(मुसकराकर)* संजय नहीं है?

**दीपा :** *(बिस्तर से उठती है)* हाँ, संजय भी है, बस।

**भाभी :** आज मिल रही है उससे?

**दीपा :** हाँ, आज हम रीगल में सिनेमा देख रहे हैं।

*दीपा चली जाती है। भाभी मुसकराकर बिस्तर ठीक करने लगती है।*

### 3. दिन : रीगल : नई दिल्ली

*दीपा संजय का इन्तज़ार कर रही है। आते-जाते स्कूटर-बसों को देखती रहती है–घड़ी की तरफ़ देखती है–थोड़ी चहलक़दमी करती है–एक नौजवान दीपा के पास आता है।*

**नौजवान :** एक्सक्यूज़ मी, आपके पास कोई एक्स्ट्रा टिकट है?

**दीपा :** जी नहीं!

*दीपा एक ओर चल देती है, फिर घड़ी देखती है।*

**नौजवान :** मेरे पास एक एक्स्ट्रा टिकट है। अगर आप चाहें तो मेरे साथ...।

**दीपा :** *(एकदम)* जी नहीं।

*दीपा फिर दूसरी ओर चल देती है, काफ़ी चिढ़ी हुई लगती है।*

*एक और नौजवान उसके पास आता है।*

*एक चलती बस से संजय कूदता है, चप्पल टूट जाती है–बिना परवाह किए चप्पल घसीटता दीपा के पास आता है।*

**संजय :** सो सॉरी दीपा। कम्बख़्त बस ने देर करवा दी।... चलो।

**दीपा :** तुम्हें आज तक कोई बस वक़्त से मिली भी है?

**संजय :** अरे, ऐसी कौन-सी देर हो गई! अभी तो वो सड़ियल फ़िल्म्स डिविज़न की डाक्यूमेंटरी चल रही होगी। पिक्चर पूरी देखने को मिलेगी। चलो।

*दोनों सिनेमा के बरामदे की तरफ़ बढ़ते हैं...दरवाज़े पर पहुँचते-पहुँचते संजय जेबें टटोलने लगता है।*

**दीपा :** क्या हुआ?

**संजय :** लगता है टिकट कलवाली पैंट की जेब में ही भूल गया।

**दीपा :** बस, यही बाक़ी रह गया था। शायद तुम मुझे भी इसी तरह भूल जाओगे।

### 4. दिन : रीगल : नई दिल्ली

*संजय हँसता है।*

**संजय :** लो फिर नाराज़ हो गई। क्या करूँ दीपा, मैं कुछ हूँ ही भुलक्कड़। चलो, गोली मारो फ़िल्म को। फिर देख लेंगे। आओ, चलो, कॉफी हाउस चलते हैं।

**दीपा :** तुम पहले चप्पल की मरम्मत तो करवाओ। तुम फटी चप्पल फटकारते चलो और मैं संग चलूँगी, यह नहीं होगा। सब लोग देखेंगे हमें।

### 5. दिन : पेवमेंट : नई दिल्ली

*कैमरा मोची के औज़ार पर झुकता है। आख़िरी कील लग चुकी है। मोची चप्पल आगे बढ़ाता है।*

**संजय :** चल भई, पॉलिश भी कर दे।

*मोची पॉलिश करता है।*

**संजय :** तुम ख़ामख़ाँ बिगड़ती हो दीपा। कॉफ़ी के बाद इंडिया गेट घूमेंगे। तुमसे बहुत कुछ बातें भी करनी हैं।

*दीपा दूर कहीं देख रही है जैसे संजय के साथ ही न हो।*

### 6. दिन : कॉफ़ी हाउस : नई दिल्ली

*भीड़-भाड़ से भरा कॉफ़ी हाउस, कैमरा वेटर के साथ- साथ आगे बढ़ता है जो दीपा और संजय के पास आता है।*

**संजय :** *(दीपा से)* क्या खाओगी?

**दीपा :** *(वेटर से)* कुछ नहीं।

*वेटर जाता है।*

**संजय :** *(वेटर से)* दो कॉफ़ी ले आओ। *(फिर दीपा से)* देखो दीपा, बात-बात पर इतना न तुनका करो। एक तुम ही तो हो जो मेरी अच्छाइयों और बुराइयों को एक साथ...।

**दीपा :** अच्छाइयाँ और तुम में?

**संजय :** ठीक है, बाबा, हम तुम्हारे सबसे बड़े दुश्मन हैं, लेकिन हैं तो तुम्हारे ही। अच्छा, हमें भी गोली मारो। तुम्हारी बातें करते हैं, थीसिस कैसी लिखी जा रही है?

**दीपा :** आधा वक़्त तो तुम्हारे इन्तज़ार में निकल जाता है। पढ़ने-लिखने को वक़्त ही कहाँ मिलता है!

*वेटर कॉफ़ी देता है।*

**संजय :** *(हँसता है)* अरे, क्या करोगी इतनी पढ़ाई-लिखाई का! अव्वल दर्जे में एम.ए. क्या कम है, मैं तो सिर्फ़ बी.ए. हूँ–वह भी सेकेंड क्लास। कहीं तुम्हें डॉक्ट्रेट मिल गई तो तकलीफ़ हो जाएगी?

**दीपा :** कैसी तकलीफ़?

**संजय :** अरे भई, शादी तो आखिर पिताजी की मर्ज़ी से ही करनी है। हाँ, एम.ए. लड़की तक तो लगता है कि पिताजी को पटा लूँगा। अगर तुम्हें पी-एच.डी. हो गई तो बस हो गई छुट्टी। इतनी बे-मेल शादी को पिताजी राज़ी होंगे ही नहीं–लड़का बी.ए. और लड़की पी-एच.डी.!

**दीपा :** तुम्हारा इसी तरह का आशीर्वाद रहा तो हो चुकी मेरी थीसिस पूरी।

*संजय हँस पड़ता है।*

## 6 A. दिन : कॉफ़ी हाउस

**संजय :** अरे नहीं भई, नहीं...तुम एक क्या, दस थीसिस लिखो–हमें क्या! मुझे तो सिर्फ इतनी फ़िक्र है कि शादी के बाद हमारे जो दस बच्चे होंगे न, उनकी परवरिश मैं नहीं करनेवाला।

*दीपा आख़िरकार हँस पड़ती है। संजय भी हँसता हुआ कॉफ़ी पीता है।*

*दो-तीन टेबल दूर संजय के दो ऑफ़िस के दोस्त कॉफ़ी पी रहे हैं। दोनों संजय और दीपा को हँसते हुए देखते हैं।*

**एक :** यार, संजय में एक बात अच्छी है। जब से मैं देख रहा हूँ सिर्फ़ एक ही लड़की में चिपका हुआ है।

**दूसरा :** मुझे तो बात बिलकुल उल्टी लगती है। मुझे लगता है लड़की ही पीछे पड़ी हुई है। वरना इतनी खूबसूरत

और पढ़ी-लिखी लड़की चाहती तो संजय से भी कहीं अच्छे लड़कों की लाइन लगवा दे।

**एक :** अपना संजय भी कोई कम है क्या? मुझे तो लगता है अगला प्रोमोशन इसी को मिलनेवाला है।

**दूसरा :** हाँ, वैसे तुम बात तो ठीक कहते हो।

*एक तीसरा दोस्त भी इनमें शामिल होता है।*

**तीसरा :** ओहो–और सुनाओ भाई, क्या हो रहा है?

**दूसरा :** बस कॉफ़ी चल रही है, बन्धु।

**तीसरा :** अरे यार, सिर्फ कॉफ़ी पी रहे हो।

**एक :** हाँ, मैं कह रहा था संजय तो अफ़सर बन गया समझो।

*तीसरा संजय की तरफ़ देखता है और वहीं से पुकारता है।*

**तीसरा :** हैलो संजय।

*संजय इधर देखता है और हाथ हिलाता है।*

**संजय :** *(दीपा से)* मैं अभी आया।

*संजय उठकर दोस्तों की तरफ़ जाता है।*

**तीसरा :** यार, अब तो पार्टी होनी चाहिए–तुझे प्रोमोशन मिल रहा है।

### 6 B. दिन : कॉफ़ी हाउस

**संजय :** मिल गया प्रोमोशन। हमारे सी.ओ. साले को तो जानता है। प्रोमोशन मिल रहा है रंगनाथन को–सीधी-सी बात है यार–एक मद्रासी दूसरे मद्रासी को उठाएगा।

**एक :** लेकिन हमारे डिप्टी डायरेक्टर तो तेरी तरफ़ के हैं–तुझे जानते भी हैं...।

**संजय :** अरे तू हमारे जातवालों को नहीं जानता–मर जाएँगे लेकिन अपने आदमियों की कभी मदद नहीं करेंगे...

*दीपा अकेली बैठी कॉफ़ी पी रही है। संजय की*

*तरफ़ देखती है। संजय अपने दोस्तों में बिलकुल व्यस्त है–खूब बातें कर रहा है...दीपा में झुँझलाहट फिर आ जाती है।*

*संजय दोस्तों के साथ...*

**संजय :** और यह भी कोई बात हुई कि सारे स्टाफ़ का तो डी.ए. बढ़ गया लेकिन हमारा नहीं...क्योंकि हम सुपरवाइज़री स्टाफ़ हैं–जैसे हमें रुपयों की ज़रूरत ही नहीं। मैंने तो अपने यूनियन की मीटिंग में कह दिया है–नो डी.ए. नो वर्क।

**दूसरा :** हमारी यूनियन तो बेकार है।

*दीपा चुपचाप बैठी संजय को देख रही है। एक वेटर नज़दीक से गुज़रता है–दीपा उसे बुलाती है।*

**एक :** मुझे तो लगता है यूनियन बोर्ड मैनेजमेंट से मिली हुई है। देखा नहीं कैसे हाउस रेंट के बने-बनाए केस को बिगाड़ दिया।

**संजय :** इस बार इलेक्शन में कुछ करना ही पड़ेगा। कल तो हमारा सेक्रेटरी सबों के सामने हँस-हँसकर चीफ ऑफिसर से बातें कर रहा था।

*वेटर कॉफ़ी का कप संजय के सामने रखता है–संजय घूमकर दीपा की तरफ़ देखकर मुसकराता है–खड़ा हो जाता है और एक ही साँस में कॉफ़ी पी जाता है।*

## 6 C. दिन : कॉफ़ी हाउस

**संजय :** मैं एक यूनियन की एक्स्ट्रा ओरडिनी मीटिंग बुलवाता हूँ। हाउस रेंट और डी.ए. के मामले को फिर से उठाते हैं...समझ क्या रखा है।

*दीपा कॉफ़ी के पैसे दे देती है। वेटर पैसे और खाली कप डिश ले जाता है। दीपा घड़ी में टाइम देखती है–फिर संजय की तरफ़ देखती है। संजय बैठ जाता है।*

**संजय :** और इस सी.ओ. के खिलाफ़ दो-चार पोस्टर और इश्तहार भी दीवारों पर लगवाने हैं...।

**एक :** संजय...वह तेरी गर्लफ्रेंड इधर ही आ रही है।

*संजय मुड़कर देखता है।*

*दीपा संजय के पास आकर खड़ी हो जाती है, संजय खड़ा हो जाता है।*

**संजय :** दीपा को तो जानते ही होगे, ये मेरे ऑफ़िस के कालीग्स हैं। सूरी, लगता है तुम कुछ ज़्यादा ही सोच में पड़ गए हो। ऐसी कोई बात नहीं है। मेरी और दीपा की शादी होनेवाली है।

**सूरी :** *(पहला कुछ सिटपिटाता है)* ये तो बहुत खुशी की बात है।

**अयूब :** इस शादी की धमकी तो साल भर से दे रहा है।

*कुछ हँसी होती है।*

**संजय :** भई इस मामले में मैं शौ का फालोअर हूँ। शौ का कहना है कि औरतों को चाहिए कि जितनी जल्दी हो शादी कर ले और मर्दों को चाहिए कि जितनी देर से कर सके–करे।

*दोस्त हँसते हैं। दीपा संजय की तरफ़ देखती है, उसे मज़ाक अच्छा नहीं लगता। संजय जाने के लिए दीपा के पास आता है।*

## 6 D. दिन : कॉफ़ी हाउस : नई दिल्ली

**संजय :** *(दीपा से)* मैं तो इस प्रोमोशन के इन्तज़ार में हूँ। अगर ये प्रोमोशन मुझे आज मिल जाए तो कल शादी कर लूँ।

*दीपा शरमा जाती है।*

**संजय :** अच्छा भई, चलता हूँ। कल मिलेंगे ऑफ़िस में...।

*दोनों चार-पाँच क़दम चलते हैं–संजय खड़ा होकर साथियों की ओर मुड़ता है।*

**संजय :** कल दफ़्तर में मैं मेमोरंडम तैयार कर लूँगा। हमें ये लड़ाई जारी रखनी पड़ेगी।

*संजय घूँसा उठाकर कहता है। तीसरा आदमी भी घूँसा उठाकर हाँ में हाँ मिलाता है।*

**7. दिन : नई दिल्ली की सुनसान सड़कें**

*घने पेड़ों की छाया की सड़क। संजय और दीपा पास-पास टहल रहे हैं।*

**संजय :** कभी-कभी तो ऐसा गुस्सा आता है दीपा कि क्या बताऊँ! फिर सोचता हूँ, क्या होगा गुस्सा करके–साली नौकरी ही बेकार है–इस बार तो ठीक कर लिया है–इस्तीफ़ा दे ही दूँगा...।

**दीपा :** कल कहाँ मिलेंगे हम लोग?

**संजय :** रो-धोकर एक मौका आया है प्रोमोशन का–तो यह साला रंगनाथन आ टपका बीच में।

**दीपा :** कल मिल कहाँ रहे हैं?

**संजय :** कहीं भी–सब जानते हैं रंगनाथन मुझसे दो महीने जूनियर है–लेकिन रंगनाथन भी क्या करे, ये हमारा चीफ़ ही साला कम्यूनल है...।

**दीपा :** लेकिन किस जगह मिलेंगे–कोई जगह भी तो हो...।

**संजय :** कॉफ़ी हाउस ही सही। लेकिन इस बार मैंने भी ठान ली है–इस पार या उस पार। चीफ़ होगा अपने घर का–दफ़्तर के क़ानून-क़ायदे भी तो हैं।

**दीपा :** कॉफ़ी हाउस नहीं।

*दीपा खड़ी हो जाती है।*

**दीपा :** और भाड़ में जाए तुम्हारे चीफ़।

*संजय भी खड़ा हो जाता है और दीपा की तरफ़ देखता है। वह हँस पड़ता है। संजय हँसता हुआ दीपा का हाथ पकड़कर आगे खींचता है–दीपा झटके से हाथ छुड़ा लेती है–दोनों चल पड़ते हैं।*

**संजय :** सॉरी दीपा–कभी-कभी मैं अपने ही ख़यालों में बह जाता हूँ। असल में किसी भी तरह का अन्याय, बेइंसाफ़ी मैं बिलकुल बर्दाश्त नहीं कर सकता।

## 7 A. दिन : नई दिल्ली की सुनसान सड़कें

**दीपा :** हाँ–मुझे घंटों कॉफ़ी हाउस में अकेला छोड़कर दोस्तों में मस्त हो जाते हो और इधर कहते हो मैं अन्याय बिलकुल बर्दाश्त नहीं कर सकता।

*संजय हँसता है।*

**संजय :** अच्छा भई, हम हारे बस! क्या पूछ रही थीं तुम?

**दीपा :** पूछ रही थी–रंगनाथन का प्रोमोशन कब होगा?

**संजय :** रंगनाथन...!

*संजय हँस पड़ता है।*

**संजय :** मज़ाक छोड़ो दीपा...।

**दीपा :** क्या करें...हमें और कोई मिला ही नहीं मज़ाक करने को...।

*संजय दीपा की तरफ़ देखता है, मुसकराता हुआ चुपचाप आगे बढ़ता रहता है। दोनों एक बस स्टॉप पर आते हैं।*

**दीपा :** मैं यहीं से पकड़ूँगी बस।

*दोनों क्यू में खड़े हो जाते हैं।*

**संजय :** कल कहाँ मिलोगी?

*संजय को एकाएक कुछ याद आ जाता है।*

**संजय :** अरे हाँ...यही तो पूछ रही थी तुम!

**दीपा :** चलो कुछ याद तो आया।

**संजय :** चलो कल यहीं मिलते हैं, इसी बस स्टॉप पर। इंडिया गेट घूमेंगे।

**दीपा :** मेरे घर क्यों नहीं आते।

**संजय :** तुम्हारे घर?...नहीं-नहीं वहाँ नहीं–तुम्हारी भाभी हमेशा तंग करती रहती है।

**दीपा :** भैया-भाभी आज पटना चले गए–भाभी की बहन की शादी है।

**संजय :** तुम अकेली हो घर पर?

### 7 B. दिन : नई दिल्ली की सुनसान सड़क

**दीपा :** अकेली क्यों? बहादुर जो है। फिर पासवाले फ्लैट में मेहता आंटी हैं–दिन भर चैन ही नहीं लेने देतीं।

**संजय :** ठीक है–चलो, फिर तुम्हारे घर ही आता हूँ, कल।

**दीपा :** कितने बजे?

**संजय :** कितने बजे?...पाँच बजे छुट्टी...फिर...बस में...नहीं नहीं स्कूटर...मैं साढ़े पाँच बजे आ जाऊँगा।

**दीपा :** पक्का?

**संजय :** *(हँस पड़ता है)* बस दस मिनट इधर या उधर।

**दीपा :** नहीं, नहीं...साढ़े पाँच बजे आ जाओ–चाय पिएँगे इकट्ठे। एक ज़रूरी बातें भी करनी हैं तुमसे...।

**संजय :** क्या बातें?

*एक बस आ जाती है–लोग चलने लगते हैं–संजय दीपा का हाथ दबा देता है। दीपा कहती हुई कि 'कल बताऊँगी' दीपा जल्दी से बस में चढ़ जाती है और एक खिड़की के पास बैठ जाती है। खिड़की से संजय को देखती है।*

**संजय :** छह बजे।

*संजय मुसकराता है।*
*बस चल पड़ती है—दीपा देखती रहती है।*
*बस चली जाती है।*

**8. दिन : ऑफ़िस के बाहर : दिल्ली**

*संजय और उसके दोस्त। किसी की रिस्टवाच छह बजा रही है। रिस्टवाच से कैमरा पीछे हटता है—चारों दोस्त किसी डिस्कशन में व्यस्त हैं।*

**9. दिन : बालकनी : दिल्ली**

*दीपा बालकनी में खड़ी रास्ते की तरफ़ देख रही है—कन्धे पर बस्ते लटकाए बच्चों के झुंड रास्ते पर दिखाई देते हैं—दीपा अन्यमनस्क है—वह रेलिंग पर टिककर फिर रास्ते की ओर देखती है-एक स्कूटर तेज़ी से निकल जाता है।*

**10. दिन : ड्राइंगरूम : दिल्ली**

*दीपा ड्राइंगरूम में आती है—घड़ी की तरफ़ देखती है—साढ़े छह बजे हैं—कोने पर रखी मेज़ पर किताबें बिखरी पड़ी हैं—दो-चार किताबों को तरतीब से रखती है—फिर सब कुछ छोड़ देती है और सोफ़े पर धड़ाम से बैठ जाती है—घड़ी की तरफ़ देखती है—फिर झुँझलाहट से खड़ी हो जाती है—*
*बहादुर चाय की ट्रे लेकर आता है।*

**दीपा :** अरे—चाय क्यों ले आया इतनी जल्दी।
**बहादुर :** आपने कहा था छह बजे चाय चाहिए...।
**दीपा :** अभी नहीं...मैं बुलाऊँगी तुझे।
*बहादुर चला जाता है।*
*दीपा एक किताब लेकर फिर सोफ़े पर बैठती है—*

*कुछ पढ़ने की कोशिश करती है–किताब एक तरफ़ रख देती है–दरवाज़े की तरफ़ देखती है...दरवाज़े पर परदा है...घड़ी की तरफ़ देखती है–छह चालीस–बैठी हुई बड़बड़ाती है–अभी तक साहब के साढ़े पाँच नहीं बजे–फिर यकायक मुड़कर दरवाज़े की तरफ़ देखती है...।*

*पर्दा हिल उठता है...छह साल की बंटी कमरे में आती है...।*

**बंटी :** आंटी, हमें कहानी सुनाओगी?

**दीपा :** नहीं, अभी नहीं...पीछे आना...।

**बंटी :** ममी ने यहाँ भेजा...कहा आंटी कहानी सुनाएगी।

*दीपा खड़ी हो जाती है, कुछ रुखाई से जवाब देती है...।*

**दीपा :** अभी मुझे काम है–जा कह दे ममी से...।

*दीपा एक तरह से बंटी को ढकेलकर बाहर करती है।*

*बंटी वापस चली जाती है।*

*दीपा बालकनी की तरफ़ जाती है...।*

**11. दिन : बालकनी : दिल्ली**

*बालकनी में आकर दीपा फिर रास्ते की तरफ़ देखती है।*

*दूर से एक स्कूटर नज़दीक आती नज़र आती है...।*

*दीपा झट से कमरे के अन्दर चली जाती है।*

**12. दिन : बिल्डिंग के सामने : दिल्ली**

*संजय स्कूटर को पैसे देकर सीढ़ी की तरफ़ लपकता है। उसके हाथ में रजनीगन्धा का एक गुलदस्ता है–एक जगह झट से खड़ा होकर अपने*

*रिस्टवाच की सुई घुमाता है...।*
*घड़ी की सुई छह पचास से छह बजाती है...।*

**13. दिन : ड्राइंगरूम : दिल्ली**

*दरवाज़े की तरफ़ कुछ पीठ किए हुए दीपा किताब लिए सोफे पर बैठी हुई पढ़ने की कोशिश कर रही है...।*
*पर्दा हटता है और आवाज़ करता हुआ, हाथ में रजनीगन्धा लिए, संजय अन्दर आता है–दीपा मुड़कर देखती भी नहीं।*
*संजय किवाड़ की चटखनी लगा देता है...।*
*दीपा किताब पढ़ रही है...रजनीगन्धा उसके मुँह और किताब के बीच में आती है–वह मुड़कर देखती है।*
*संजय फूल टेबल पर रखता है। दोनों हाथों से दीपा के कन्धे पकड़ता है...।*

**संजय :** बहुत नाराज़ हो?

**दीपा :** मुझे क्या करना है नाराज़ होकर।

**संजय :** देखो, छह बजे हैं।
*दीपा देखती भी नहीं...।*
*संजय वहीं कुर्सी के हैंडल पर बैठ जाता है–बड़े दुलार से ठोड़ी उठाकर कहता है...।*

**संजय :** तुम्हीं बताओ, क्या करता? ऑफ़िस के बाद दोस्तों में फँस गया...शायद स्ट्राइक करना पड़े। बहुत कोशिश की उठकर आने की...लेकिन...सबको नाराज़ करके आना भी तो अच्छा नहीं लगता...
*दीपा उठ खड़ी होती है।*

**दीपा :** बहादुर, चाय ले आओ।
*दीपा दूसरी कुर्सी पर जाकर बैठ जाती है। संजय*

*मुसकराता है और दीपा के पास जाकर ज़मीन पर बैठ जाता है–अपना सर उसकी गोदी पर रखता है।*

**13 A. दिन : ड्राइंगरूम : दिल्ली**

**संजय :** ठीक है, हो जाओ नाराज़, मैं तो ख़राब हूँ ही।

*दीपा उसकी तरफ़ देखती है–उसके घने बालों में अपनी उँगलियाँ घुसाकर सहलाती है...।*

**दीपा :** उठकर कुर्सी पर बैठो–बहादुर अभी चाय लेकर आता ही होगा। हमेशा देर से आने की क़सम खा रखी है क्या?

*संजय खुश होकर दीपा की तरफ़ देखता है–संजय के चेहरे पर पसीने की बूँदें हैं–दीपा आँचल से उसका चेहरा पोंछ देती है। संजय तपाक से उठ खड़ा होता है। रजनीगन्धा के फूल...फूलदानी में लगाता है... पुराने फूलों को हटाकर नज़दीक ही रख देता है... बहादुर चाय की ट्रे लेकर आता है और टेबल पर रखता है।*

*तभी दरवाज़े पर खट्-खट् की आवाज़ होती है–बहादुर दरवाज़ा खोलता है। मिसेज़ मेहता अन्दर आती हैं–बंटी पीछे-पीछे है–मिसेज मेहता के हाथ में एक कप है–संजय को देखकर मिसेज मेहता कुछ सकपका जाती हैं...फिर भी अपने आप को सँभाल लेती हैं...।*

**मिसेज़ मेहता :** मेरे यहाँ शक्कर ख़त्म हो गई दीपा...।

**दीपा :** हाँ...हाँ...बहादुर–ले इस कप में शक्कर तो ले आ।

*बहादुर कप लेकर अन्दर चला जाता है।*

**दीपा :** आप बैठिए न...हमारे साथ ही चाय पीजिए आज...

**मिसेज़ मेहता :** नहीं, नहीं, बंटी के डैडी अभी आते होंगे ऑफ़िस

से–और फिर...।

*मिसेज़ मेहता एक मतलब भरी हँसी हँसती हैं–बहादुर शक्कर का कप लाकर देता है। और चला जाता है।*

**मिसेज़ मेहता :** इतवार को वापस कर दूँगी–हूँ–चल बंटी...!

## 13 B. दिन : ड्राइंगरूम : दिल्ली

*मिसेज मेहता मुसकराती हुई चली जाती हैं।*
*संजय और दीपा हँस पड़ते हैं...।*
*दीपा चाय बनाती है।*

**दीपा :** कभी भी किसी चीज़ की ज़रूरत हो तो मिसेज़ मेहता को झट से हमारी याद आ जाती है...।

**संजय :** ठीक ही तो है, तुम क्या चाहोगी हमेशा यहीं बैठी रहें?

**दीपा :** ना बाबा ना...मैं तो फिर घर ही नहीं रहूँगी–एक और खासियत है मिसेज़ मेहता की...।

*दीपा कप संजय को देती है...कप लेते-लेते संजय जिज्ञासासूचक दृष्टि से दीपा की तरफ़ देखता है...।*

**दीपा :** जब देखा बंटी की ज़रूरत घर पर नहीं है तो फ़ौरन यहाँ भेज देती हैं...।

*संजय हँसता है।*

**संजय :** बुराई तो कर रही हो...मान लो तुम्हारे चाय की दावत मान लेतीं और यहीं जम जातीं। फिर...।

**दीपा :** *(चाय पीती है)* ओह–नो।

**संजय :** अच्छा, तुम्हारे भैया कब लौट रहे हैं?

**दीपा :** मालूम नहीं...दस-पन्द्रह दिन तो लग भी सकते हैं...पटना से लखनऊ गए तो और देर होगी।

**संजय :** फिर तो उन्हें लखनऊ जाना ही चाहिए–मैं कुछ

दिन और बेफ़िक्री से तो आ सकूँ यहाँ।

**दीपा :** तुम्हें यहाँ आने से रोकता कौन है...।

**संजय :** यह बात नहीं...।

**13 C. दिन : ड्राइंगरूम : दिल्ली**

*चाय का आखिरी घूँट पीकर, कप टेबल पर रखकर संजय खड़ा हो जाता है और दीपा के गालों पर हाथ फेरता हुआ कहता है...।*

**संजय :** लेकिन उनके और भाभी के रहते यह बेफ़िक्री कहाँ?

*दीपा भी अपना कप रखकर खड़ी हो जाती है।*

**दीपा :** चलो छत पर चलते हैं।

*दीपा बालकनी के तरफ़ चल देती है—संजय जेब से सिगरेट का पैकेट निकालता है।*

**14. शाम : बालकनी : दिल्ली**

*रास्ते पर लोगबाग आ-जा रहे हैं—कैमरा पुल-बैक होता है...दीपा और संजय चुपचाप बाहर की तरफ़ देख रहे हैं—संजय सिगरेट पी रहा है—दोनों (शायद) बालकनी की दीवार पर झुके हुए हैं—दीपा सीधी खड़ी हो जाती है और संजय की तरफ़ देखती है। संजय इत्मीनान से सिगरेट पी रहा है।*

**दीपा :** तुम्हें मुझसे कुछ पूछना नहीं है?

*संजय सीधा खड़ा हो जाता है।*

**संजय :** मुझे?...क्या पूछना है?

**दीपा :** मैं क्यों बताऊँ?

*संजय सोचता है।*

**संजय :** क्या पूछना है...उँ...वही हम दोनों कब शादी करेंगे

वाली बात तो नहीं है?

**दीपा :** वह तो मुझे मालूम है तुम कभी नहीं पूछनेवाले।

**संजय :** वह सब वक़्त आने पर होगा...बताओ न क्या बात है?

**दीपा :** कल रात आते वक़्त नहीं कहा था मैंने एक ज़रूरी बात करनी है?

**संजय :** ओ यस...हाँ...हाँ...क्या बात है?

**दीपा :** यह तो तुम्हें आते ही मुझसे पूछना चाहिए था, वह ज़रूरी बात क्या है। मैं अपने आप क्यों बताऊँ?

*संजय हँस पड़ता है।*

**संजय :** ओ.के., चलो हम ही पूछ लेते हैं। बताओ कौन-सी आफत आ गई?

*दीपा तुनककर छत से नीचे चली जाती है। संजय मुसकराता है।*

**15. दिन : ड्राइंगरूम : दिल्ली**

*दीपा ड्राइंगरूम के सोफ़े पर बैठ जाती है। संजय कमरे के अन्दर आकर नजदीक आ जाता है।*

**संजय :** अब पूछ तो रहे हैं–बताती क्यों नहीं।

**दीपा :** तुम्हें तो कोई दिलचस्पी ही नहीं है।

**संजय :** है क्यों नहीं–बताओ।

**दीपा :** मुझे शायद एक कॉलेज में लेक्चरर की नौकरी मिल रही है।

*संजय का उत्साह ठंडा हो जाता है–वह भी नज़दीक ही एक सोफ़े पर बैठ जाता है।*

**संजय :** खोदा पहाड़ निकला चूहा।

**दीपा :** क्या?

**संजय :** किस कॉलेज में?

**दीपा :** वाडिया कॉलेज।

**संजय :** ऐसा कोई कॉलेज दिल्ली में नहीं है।

**दीपा :** मुझे मालूम है। यह कॉलेज बम्बई में है।

*संजय को आश्चर्य होता है।*

**संजय :** क्या कह रही हो?

**दीपा :** ठीक ही कह रही हूँ–नौकरी बम्बई की ही है।

**संजय :** तुम मुझे बना रही हो।

**दीपा :** *(मुसकराकर)* मैं चिट्‌ठी दिखाती हूँ।

*दीपा खड़ी हो जाती है।*

*संजय भी खुशी से खड़ा हो जाता है।*

**संजय :** चलो दीपा। निजामुद्‌दीन तक घूम आते हैं।

### 16. शाम : निज़ामुद्‌दीन : दिल्ली

*किसी सुनसान जगह पर दीपा और संजय बैठे हैं। संजय के हाथ में एक चिट्‌ठी है–चिट्‌ठी संजय दीपा को वापस करता है।*

**संजय :** यह इरा कौन है?

**दीपा :** मेरी एक सहेली है–इंटर तक दोनों साथ-साथ पढ़ते थे। इम्तहान के बाद ही उसकी शादी हो गई–अब बम्बई में है।

**संजय :** इसमें तो लिखा है इंटरव्यू का कॉल जल्द आ जाएगा, नौकरी कहाँ मिली?

**दीपा :** तुम इसको नहीं जानते। बड़ी तेज़ है...इंटरव्यू हो जाने दो...बस...।

*संजय खुशी से खड़ा हो जाता है।*

**संजय :** अगर तुम्हें यह नौकरी मिल जाए तो मज़ा आ जाए दीपा। फिर प्रोमोशन जाए भाड़ में। मैं भी अपना तबादला बम्बई करवा लेता हूँ, हेड-ऑफ़िस में–यहाँ की रोज़ की किचकिच से तो तंग आ गया हूँ। कितनी ही बार सोचा कहीं तबादला करवा लूँ–पिछली

बार तो बम्बई का ऑफ़र भी आया था... लेकिन मैं अकेला बम्बई में...और तुम...मेरी शामें कैसे कटेंगी?

*दीपा के चेहरे पर खुशी छा जाती है–वह शरमाकर अपना सर नीचा कर लेती है।*

*पास ही किसी जंगली फूल पर एक तितली मँडराती नज़र आती है...दीपा एक फूल तोड़ लेती है–संजय उसकी तरफ़ देखता रहता है।*

*दीपा एक बार देखती है उसकी तरफ़–नज़र नहीं मिला पाती–फिर फूल को सूँघती है।*

### 16 A. शाम : निजामुद्दीन : दिल्ली

**संजय :** इस बार प्रोमिस, अगर दोनों बम्बई चले गए तो शादी कर ही लेंगे। अच्छा...शादी यहीं करें दिल्ली में–या बम्बई पहुँचकर?

**दीपा :** *(हँस पड़ती है)* पहले मिल तो जाने दो नौकरी।

**संजय :** दिल्ली में ही करेंगे शादी–बम्बई में कौन आएगा–और ज़्यादा खर्चा नहीं करेंगे शादी में–बम्बई सुना काफ़ी महँगा है–रुपयों की ज़रूरत पड़ेगी। वैसे तुम अपने रुपए अलग ही रखना–घर मैं अपने रुपए से ही चलाऊँगा...क्यों ठीक है न?

*दीपा संजय की तरफ़ देखकर फिर हँसती है–*

**दीपा :** तुम्हारे सी.ओ. के क्या हाल हैं? और जो स्ट्राइक होनेवाली थी ऑफ़िस में!!

*संजय भी हँस पड़ता है...।*

### 17. शाम : रास्ता : दिल्ली

*एक कार के साथ कैमरा पैन करते हुए हम दीपा और संजय को रास्ते पर टहलते हुए देखते हैं...।*

**दीपा :** मुझे तो सचमुच बहुत डर लग रहा है–पता नहीं क्या-क्या पूछेंगे इंटरव्यू में–इंटरव्यू में नर्वस हो गई तो?

*संजय हँस पड़ता है।*

**संजय :** तुम भी एक बुद्धू हो–यहाँ दिल्ली जैसी जगह में अकेली घूमती-फिरती हो–रिसर्च कर रही हो और फिर आजकल तो अकेली रह भी रही हो और इंटरव्यू के नाम से डर लगता है।

**दीपा :** पता नहीं...मेरा तो पहला ही मौका है...क्या पूछते हैं इंटरव्यू में?

**संजय :** पूछते हैं कि अकल बड़ी कि भैंस।

*दीपा हँसती है।*

**संजय :** अरे–यह इंटरव्यू-विंटरव्यू सब दिखावा है–हमारे दफ़्तर में ही देखो न–इंटरव्यू मेरा फर्स्ट क्लास हुआ है लेकिन मुझे मालूम है प्रोमोशन साले रंगनाथन को ही मिलनेवाला है। बम्बई पहुँचकर किसी जान-पहचान वाले से इंफुलुऐंस डलवाना–बस, काम बन जाएगा।

**दीपा :** बम्बई तो मेरे लिए एकदम नई जगह है–वहाँ इसको छोड़कर और किसी को तो जानती भी नहीं–तुम्हारी है कोई जान-पहचान?

**संजय :** अरे हमारे ऑफिस वाले सब बेकार हैं–सब साले अपनी-अपनी गाते फिरते हैं–अभी तो कह रही थी इरा बड़ी तेज़ है...सब कर देगी।

**17 A. शाम : रास्ता : दिल्ली**

**दीपा :** है तो तेज़ लेकिन...।

*संजय को कुछ सूझता है।*

**संजय :** अच्छा, सचमुच इरा के अलावा बम्बई में किसी को नहीं जानती?

*दीपा संजय की तरफ़ देखती है।*

*संजय मुसकरा रहा है...।*

**संजय :** नवीन भी तो है वहाँ।

*दीपा झटके से दूसरी तरफ़ देखने लगती है। और भन्नाकर जवाब देती है।*

**दीपा :** होगा—मुझे क्या करना है उससे।

*संजय छेड़ने के लहजे में पूछता है।*

**संजय :** कुछ नहीं करना?

**दीपा :** देखो संजय—मैं हज़ार बार तुमसे कह चुकी हूँ कि उसे लेकर मुझसे मज़ाक मत किया करो। इस तरह का मज़ाक मुझे ज़रा भी पसन्द नहीं है।

*संजय खिलखिलाकर हँस पड़ता है।*

**संजय :** तुम तो मज़ाक भी नहीं समझतीं—फौरन सीरियस हो जाती हो।

*संजय खुश करने के इरादे से दीपा के कन्धे पर हाथ रख देता है—दीपा झटककर हाथ हटा देती है।*

**दीपा :** क्या कर रहे हो—कोई देख लेगा तो क्या कहेगा।

**संजय :** कौन है यहाँ जो देख लेगा? और देख लेगा तो देखने दो, आप ही कुढ़ेगा।

**दीपा :** नहीं—हमें पसन्द नहीं यह सब बेशर्मी।

*दीपा कुछ तेज़ चलने लगती है—संजय मुसकराता हुआ चलता है।*

**18. रात : ड्राइंगरूम : दिल्ली**

*संजय का हाथ रजनीगन्धा की एक कली तोड़ता है और दीपा के बालों में लगा देता है—दीपा घूमती है—दोनों एक-दूसरे की तरफ़ कुछ क्षण देखते हैं—दीपा यकायक संजय से लिपट जाती है—संजय भी उसे छाती से लगा लेता है।*

**संजय :** अब मुझे जाना चाहिए दीपा।

**दीपा :** रुको न थोड़ी देर और...।

**संजय :** नहीं दीपा–काफ़ी देर हो गई है...।

**दीपा :** बाद में चले जाना।

*संजय दीपा को छाती से हटाता है–उसके दोनों कन्धों पर हाथ रखकर मुसकराता है।*

**संजय :** कल शाम को आऊँगा, दीपा, यहीं...हूँ...।

**दीपा :** आ जाना छह बजे तक–तुम नहीं आते हो तो इतना बुरा लगता है...।

*(गाना नं. 1 शुरू)*

*संजय हँसकर दीपा को सीने से लगा लेता है–दीपा की ठोड़ी पकड़कर ऊपर उठाता है–शायद चुम्बन भी लेता है।*

**संजय :** पगली...अभी गुस्सा...अभी प्यार...।

**19. रात : रास्ता : दिल्ली**

एक स्कूटर कुछ दूर चलकर खड़ा हो जाता है। संजय आकर उसमें बैठता है–बैठने से पहले ऊपर हाथ हिलाता है...।

**19 A. रात : रास्ता : दिल्ली**

*रास्ते पर स्कूटर चला जा रहा है–फिर अदृश्य हो जाता है।*

**20. रात : बालकनी : दिल्ली**

*बालकनी में दीपा खड़ी है...वह भी धीरे से हाथ हिलाती है–स्कूटर के जाने की आवाज़ ओवरलैप*

*होती है...दीपा वहीं खड़ी रहती है और रास्ते की ओर देखती रहती है।*

**21. रात : ड्राइंगरूम : दिल्ली**

*दीपा कमरे में आती है–अनमनी-सी फूलों के पास आती है–गुलदस्ते को सूँघती है, फिर गालों पर लगाती है–फूलों को वापस फूलदानी में रख देती है–*

*एक किताब लेकर सोफ़े पर बैठती है–मुसकराती है–यकायक दरवाज़े की तरफ़ देखती है–बंटी कमरे के अन्दर आता है।*

**बंटी :** आंटी–हमें अब कहानी सुनाओगी।

*किताब रखकर दीपा दौड़कर बंटी को गोदी में उठा लेती है।*

*(या बैठकर सीने से लगा लेती है)*

**दीपा :** ज़रूर सुनाऊँगी बंटी...कौन-सी कहानी सुनेगा?

*दीपा बंटी के ढेर सारे चुम्बन लेती है...।*

*सारा का सारा गुलदस्ता और फूलदानी लेकर दीपा चलती है...।*

**22. रात : बेडरूम : दिल्ली**

*बेडरूम में एक टेबल पर गुलदस्ता रखती है–और बिस्तर पर सो जाती है–दीपा के आँखों के सामने रजनीगन्धा का गुलदस्ता है–दीपा उसी की तरफ़ देखती रहती है...।*

*गुलदस्ते की जगह संजय गुलदस्ता लिए खड़ा मुसकरा रहा है...दीपा भी मुसकराती है...।*

*संजय दोनों हाथ बढ़ाकर उसे बुलाता है।*

*दीपा शरमा जाती है...नज़रें झुका लेती है...फिर देखती है–गुलदस्ता वहीं रखा है...।*
*दीपा सो जाती है।*

### 23. दिन : संजय का दफ़्तर : दिल्ली

*संजय एक स्टेनोग्राफर को कुछ लिखा रहा है... टेबल पर फाइलें, टेलीफोन इत्यादि हैं...*
*टेलीफोन की घंटी बजती है...संजय टेलीफोन उठाते हुए कहता है...।*

**संजय :** हैलो!

*टेलीफोन कान पर रखता है...स्टेनोग्राफर जाती है।*

**संजय :** एक मिनट बैठिए–एक और चिट्‌ठी है।

*स्टेनोग्राफर बैठ जाती है।*

**संजय :** हैलो...ओ दीपा–हाँ-हाँ–*(खुश हो जाता है)* हैलो दीपा...नहीं दीपा, आज नहीं–टेलीफोन रख दो–मुझे कुछ चिट्‌ठियाँ लिखवानी हैं...नहीं दीपा...।

### 24. दिन : पब्लिक टेलीफोन बूथ : दिल्ली

*दीपा किसी पब्लिक टेलीफोन पर बात कर रही है...।*

**दीपा :** सुनो...वो इंटरव्यू का कॉल आ गया है...हाँ...बीस अक्टूबर...हाँ, मुझे कम-से-कम तीन दिन पहले बम्बई पहुँच जाना चाहिए...पहली बार जा रही हूँ...तुम भी चलो न मेरे साथ–नहीं...चलो मेरे साथ–बम्बई बिलकुल नई जगह है...तुमसे बहुत कुछ सहारा मिलेगा...संजय...सुनो न...आइ एम सो एक्साइटेड... क्या टेलीफोन रख दी...चिट्‌ठी बाद में लिखवाना... तुम अभी आ जाओ...क्या काम है...स्ट्राइक क्यों

नहीं कर देते...अच्छा, शाम को ठीक आ जाना वक़्त पर...साढ़े पाँच बजे...ओ.के. बाई।

*दीपा खुशी-खुशी बूथ के बाहर आती है–बूथ के बाहर चार आदमियों की क्यू लगी हुई है–क्यू के सामने एक तगड़े से सरदारजी हैं–वह दीपा की तरफ़ एक कड़ी नज़र डालकर बूथ के अन्दर दाखिल होते हैं। दीपा उछलती हुई, बैग हिलाती हुई, पीछे न देखते हुए आगे बढ़ जाती है...।*

## 25. दिन : ड्राइंगरूम : दिल्ली

*गुलदस्ते में नया रजनीगन्धा लगाया जाता है...नवीन गुलदस्ता से एक फूल निकालकर मुसकराता हुआ दीपा की तरफ़ देखता है...दीपा चाय बना रही है...।*

**दीपा :** चलो न मेरे साथ बम्बई...मुझे डर लग रहा है।

**संजय :** नहीं दीपा...इस वक़्त छुट्टी मिलना बिलकुल नामुमकिन है...।

**दीपा :** दो-चार दिनों की तो बात है।

**संजय :** यह दो-चार दिन ही बहुत ज़रूरी हैं–दीपा–क्या से क्या हो जाए–चार प्रोमोशन होनेवाले हैं–मैं यहाँ नहीं रहूँगा तो ज़रूर रह जाऊँगा–फिर एक यूनियन की मीटिंग है–नई माँगें पेश की हैं हमने...।

**दीपा :** मैं जाने को कह रही हूँ न इसलिए दुनिया भर का काम तुम्हारे सर पर आ गया है।

**संजय :** *(हँसता है)* यह बात नहीं है दीपा–तुम तो बहादुर लड़की हो...अपने आपको सँभाल लोगी...।

**दीपा :** मुझे डर लगता है।

**संजय :** डर काहे का...सब ठीक हो जाएगा...।

**दीपा :** कभी-कभी तो इतने डरावने सपने देखती हूँ...।

**संजय :** क्या देखती हो?

**दीपा :** मैं बिलकुल अकेली किसी ट्रेन में सफर कर रही हूँ–या ट्रेन पकड़ने के लिए मैं भागी जा रही हूँ–ट्रेन पकड़ाई में ही नहीं आती या किसी टैक्सी में मैं जा रही हूँ–एकाएक टैक्सी का दरवाजा खुल जाता है और मैं गिर पड़ती हूँ।

**संजय :** अरे ये सपने कुछ भी नहीं हैं। मेरा सपना सुनोगी तो कहोगी काश–यह सपना मैंने भी देखा होता!

*दीपा देखती है संजय की तरफ*

**संजय :** अक्सर सपने में देखता हूँ कि मैं बिलकुल अकेला ऑफ़िस में आ गया हूँ...या लिफ्ट में घुस रहा हूँ या कनॉट प्लेस में बस पकड़ने के लिए दौड़ रहा हूँ।

*संजय फूल दीपा के बालों में लगा देता है...।*

*दीपा ऊपर की तरफ़ संजय की तरफ़ देखती है...।*

*संजय उसकी तरफ़ देखकर मुसकराता है।*

**26. दिन : रेलवे स्टेशन : दिल्ली**

*दीपा (क्लोज अप) रेल की खिड़की से झाँककर देख रही है–*

*(फुलबैक) दीपा लेडीज़ कम्पार्टमेंट में बैठी है–बहुत से आदमी उतर-चढ़ रहे हैं...।*

*रेल सीटी देती है...।*

*दीपा कुछ परेशान है...अपनी घड़ी देखती है...दूर से संजय स्टेशन पर भागता हुआ आता है–हाथ में रजनीगन्धा का एक गुलदस्ता है। दीपा संजय को देख लेती है–अपना हाथ हिलाती है। संजय पास आ जाता है और रजनीगन्धा दीपा को दे देता है।*

*दीपा गुलदस्ते को सूँघकर अपनी सीट पर रख देती है–संजय दीपा का हाथ ज़ोर से पकड़ लेता है...।*

**संजय :** बम्बई पहुँचते ही एक चिट्ठी देना।

**दीपा :** चलो न मेरे साथ संजय...क्या करूँगी अकेली-अकेली वहाँ...?

*संजय उसके हाथ को थपथपाता है।*

**संजय :** कितने दिन रहोगी बम्बई?

**दीपा :** शायद चार या पाँच दिन...मुझे वहाँ बिलकुल भी अच्छा नहीं लगेगा।

**संजय :** मुझे भी क्या अच्छा लगेगा यहाँ? जल्दी वापस आ जाना...तुम्हें वहाँ नौकरी मिल गई तो मैं भी बम्बई आ जाऊँगा। हम दोनों वहीं रहेंगे...।

*दीपा संजय का हाथ पकड़ लेती है...।*

*गार्ड हरी झंडी दिखाता है...।*

*ट्रेन चल देती है...।*

*संजय गाड़ी के संग-संग चलता है...।*

*दोनों ने ज़ोर से हाथ पकड़ रखे हैं...।*

*गाड़ी आगे बढ़ जाती है...।*

*संजय हाथ हिलाता है...दीपा भी हाथ हिलाती है...। उसकी आँखें भर आती हैं...संजय हाथ हिलाता रहता है...फिर धीरे-धीरे हाथ नीचे कर लेता है...गाड़ी काफ़ी दूर जा चुकी है...दीपा नज़र भी नहीं आती। गाड़ी चली जाती है।*

**27. दिन : बेडरूम : बम्बई**

*एक आईने के सामने इरा कुछ मेक-अप कर रही है (क्लोज)–घंटी बजती है–इरा मुड़कर देखती है...।*

**28. दिन : पैसेज : बम्बई**

*दरवाज़ा–दरवाज़े पर एक पोस्टमैन खड़ा है। इरा दरवाज़ा खोलती है–पोस्टमैन एक टेलीग्राम आगे करता है।*

**इरा** : टेलीग्राम?

*पोस्टमैन रसीद लेकर चला जाता है।*
*इरा दस्तख़त करके टेलीग्राम फाड़ती है।*

### 29. दिन : ड्राइंगरूम : बम्बई

*ड्राइंगरूम में अशोक टाई की नॉट ठीक करता हुआ अन्दर आता है।*

**अशोक** : किसका टेलीग्राम है?

*इरा ने टेलीग्राम पढ़ लिया है–किवाड़ बन्द करके अशोक की तरफ़ देखती है...।*

**इरा** : दीपा आ रही है कल–फ्रंटियर से।

**अशोक** : कौन दीपा?

**इरा** : मेरी क्लास फैलो थी–आई थी न हमारी शादी में? तुम जाओ न कल...उसे रिसीव करने–पौने आठ बजे आएगी गाड़ी...।

**अशोक** : मैं तो आज रात ही कलकत्ते फ्लाई कर रहा हूँ।

**इरा** : अरे हाँ...बिलकुल भूल गई।

**अशोक** : तुम ही चली जाना–आख़िर तुम्हारी ही तो दोस्त है।

**इरा** : चली तो जाती पर...कल ऑफिस में सुबह ही एक मीटिंग है...।

*अशोक अन्दर चला जाता है। इरा कुछ सोचती है फिर टेलीफोन के पास आकर डायल करती है।*

### 30. दिन : बम्बई : सेंट्रल स्टेशन

*फ्रंटियर मेल प्लेटफार्म पर आकर रुकती है...कुली भागते हैं। दीपा एक कम्पार्टमेंट के सामने खड़ी इधर-उधर डरी-सी देखती है...वह डिब्बे से उतरती है–प्लेटफार्म पर खड़ी होती है–एक कुली उसका*

*सामान उतारता है–फिर देखती है–लोग उसके पास से अपना सामान लिए गुज़रते हैं। कुछ ही दूर हम नवीन को खड़ा दिखाते हैं–वह गोगल्स पहने हुए है...वह खड़ा हुआ दीपा को देख रहा है...कुली सारा सामान सर पर रखे पास ही खड़ा है...।*

**कुली :** चलिए मेमसाहब...।

*दीपा कुछ समझ नहीं पा रही क्या करे–एक सेकंड ऐसे ही खड़े रहकर वह जाने के लिए तैयार होती है...।*

**दीपा :** एक टैक्सी तक ले चलो...।

*दीपा और कुली चार-पाँच कदम आगे बढ़ते हैं। यहीं नवीन खड़ा है।*

**नवीन :** दीपा!

*दीपा नवीन की तरफ़ देखकर खड़ी हो जाती है।*

**दीपा :** नवीन?...

**नवीन :** हाँ, दीपा...बहुत दिनों बाद मिले हैं...पाँच साल...तुम शायद...यहाँ मुझसे मुलाकात होगी सोचा भी नहीं होगी। इरा ने ही मुझे यहाँ भेजा है...टु रिसीव यू...*दीपा मुसकराने की कोशिश करती है...।*

**नवीन :** चलो...चलते हैं।

*दोनों चलते हैं...चलते-चलते दीपा नवीन की तरफ़ देखती है। फ्रेम फ्रीज होता है। दीपा की आवाज़–पाँच साल!...कितना दुबला हो गया है नवीन और यह कवियों जैसे बाल क्यों बढ़ा लिए हैं।*

*दोनों फिर चलते हैं...।*

**नवीन :** रास्ते में कोई तकलीफ़ तो नहीं हुई?

**दीपा :** नहीं...।

### 31. दिन : प्लेटफार्म के बाहर : बम्बई

*टैक्सी ड्राइवर कार की डिकी खोलता है–कुली सामान रखता है।*

*टैक्सी ड्राइवर डिकी बन्द करता है। नवीन कार का दरवाज़ा खोलता है...।*

*दीपा बैग खोलकर पैसा निकालती है पर नवीन कुली को एक रुपया दे देता है...।*

**दीपा :** नहीं–नहीं–मैं देती हूँ...।

**नवीन :** कोई बात नहीं...।

*दीपा बैठती है–नवीन आकर पास ही बैठता है... कार चल पड़ती है...।*

**32. दिन : रास्ता : बम्बई**

*गाड़ी में दोनों चुपचाप बैठे हैं–*

*दीपा बाहर की तरफ़ देख रही है–*

*बिल्डिंग भागती नज़र आती हैं...दीपा सीधी बैठती है...।*

*नवीन की तरफ़ देखती है।*

*नवीन चुपचाप है।*

*दीपा के ऊपर चार्ज करते हैं...।*

**33. दिन : किसी कॉलेज के गेट पर**

*बहुत-से लड़के (स्टूडेंट्स) कॉलेज के गेट पर खड़े नारे लगा रहे हैं–*

*कोई क्लास एटेंड नहीं करेगा–*

*जब तक साइंस का पूरा स्टाफ़ नहीं आएगा–हम फीस नहीं देंगे–*

*डाउन विद मैनेजमेंट*

*वी वांट एलाउ एनी इन्क्रीज़ इन फ़ीस–*

*फीस घटाओ, स्टाफ बढ़ाओ...*

*दो-तीन प्लेकार्ड, पोस्टर भी हैं–जिन पर लिखा है–*

*नो टीचिंग स्टाफ़ नो फी–*
*इनजरिस्टस टु साइंस स्टूडेंट्स–*
*वी वांट एलाउ एनी इन्क्रीज़ इन फ़ीस–*
*जो लड़के कॉलेज में पढ़ने आ रहे हैं उन्हें स्ट्राइक वाले लड़के रोक रहे हैं। नवीन इन स्टूडेंट्स का अगुआ है। चार-पाँच गर्ल्स स्टूडेंट नज़दीक खड़ी सब देख रही हैं...एक टीचर आता है...संग दो लड़की और एक लड़का भी है...सब नारे लगाते हैं...।*
*टीचर और लड़कियाँ अन्दर चले जाते हैं।*
*दीपा दो लड़कियों के संग आती नज़र आती है...।*

**एक लड़का :** देख नवीन तेरी दीपा आ रही है।

**दूसरा :** तेरे रहते हुए अगर दीपा क्लास में चली गई तो नवीन यह हमारी इंसल्ट है...
*दीपा और दो लड़कियाँ चुपचाप उनके पास से अन्दर चले जाते हैं...लड़के चीख़ते हैं।*

**एक लड़का :** आज स्ट्राइक है।

**दूसरा :** मत जाने दो अन्दर...।

## 34. दिन : किसी कॉलेज के गेट पर

*लड़कियाँ चुपचाप चलती रहती हैं–नवीन दौड़कर अन्दर आता है और दीपा के सामने खड़ा हो जाता है...।*

**नवीन :** दीपा, मैंने तुम्हें कॉलेज आने को मना किया था...जब तक हमारी सुनवाई नहीं होगी कोई क्लास एटेंड नहीं करेगा।

**दीपा :** मैंने भी तुम्हें कह दिया था कि मुझे तुम्हारे स्ट्राइक से कोई मतलब नहीं है...मैं आर्ट्स की स्टूडेंट हूँ...।

**नवीन :** दीपा, यह हमारे संगठन और एकता का सवाल

है...आज साइंस का स्टाफ़ नहीं है कल शायद आर्ट्स का न हो...बहुत से आर्ट्स स्टूडेंट्स भी क्लास में नहीं जा रहे...तुम्हें भी हमारा साथ देना चाहिए।

**दीपा :** हमें जाने दो नवीन–इस बारे में शाम को बातें कर लेंगे...।

**नवीन :** दीपा, यह ठीक नहीं कर रही हो, मैं...।

*दीपा अन्दर की तरफ़ चल देती है।*

**नवीन :** सोच लो दीपा...।

**दीपा :** कुछ नहीं सोचना मुझे।

**नवीन :** *(चीख़कर)* दीपा, आज अगर क्लास ज्वाइन किया तो बस समझ लेना मुझसे बुरा कोई न होगा।

*दीपा खड़ी होकर घूमती है–*

**एक सहेली :** चलो दीपा, घर चलते हैं...।

**दीपा :** नहीं *(नवीन से)* मैं कॉलेज से बाहर नहीं आऊँगी– और मुझ पर इस तरह से चिल्लाने की कोई ज़रूरत नहीं है–समझे!

**नवीन :** ओ.के., जाओ जहन्नुम में–मुझसे मिलने की फिर कभी कोशिश मत करना–समझती क्या हो अपने आपको?

**35. दिन : रास्ता : बम्बई**

*झटके से गाड़ी खड़ी हो जाती है–दीपा को भी झटका लगता है–और आगे की तरफ़ झुक पड़ती है–नवीन हॉर्न बजा रहा है–दीपा फिर बाहर की तरफ़ देखती है...कार हाजी अली से पेडर रोड की तरफ़ चल देती है–कैमरा फिर चार्ज होता है–दीपा के ऊपर वह गम्भीर है...।*

*दीपा की आवाज़ : ऐसा अपमान...इतनी कठोर*

*सज़ा...ऐसा क्या किया था मैंने...कितनी रोई थी उस दिन मैं...।*

**36. रात : एक कमरा**

*दीपा तकिए में मुँह घुसाए फूट-फूटकर रो रही है–रोती-रोती खड़ी हो जाती है–सिसकियाँ चालू हैं–रोते-रोते वह एक साड़ी निकालती है–उसको रस्सी की तरह गोल करके एक हिस्से को अपने गले में ज़ोर से बाँधती है–दूसरे हिस्से को फेंककर सीलिंग फैन पर घुमाकर एक फाँसी के फन्दे जैसा कर लेती है–फूटकर रो पड़ती है–और दोनों हाथ से दूसरे छोर को खींचती है–गले पर कुछ दबाव पड़ता है–कुछ देर में हार जाती है–फिर ड्रावर खोलकर नवीन की एक फोटो और बहुत सारी चिट्ठियाँ निकालती है–चिट्ठियों को टुकड़े-टुकड़े करके फाड़ती है।*

**37. दिन : एक बिल्डिंग का पोर्टिको : बम्बई**

*कार आकर एक पोर्टिको में रुकती है। नवीन उतरकर दीपा की तरफ़ आता है। दीपा तब तक दरवाज़ा खोलकर बाहर आ जाती है।*

**38. दिन : पैसेज : बम्बई**

*एक लिफ्ट आकर रुकती है। गेट खुलता है–दीपा और नवीन लिफ्ट से बाहर आते हैं–नवीन दीपा का सूटकेस भी लिफ्ट से बाहर निकालकर पैसेज में रखता है–लिफ्ट का दरवाज़ा बन्द करता है।*

**नवीन :** आओ दीपा।

*दोनों सात-आठ क़दम दूर एक फ्लैट के बन्द दरवाज़े के पास आते हैं–दरवाज़े पर 'अशोक सूरी' का नेम प्लेट है। नवीन दरवाज़े पर चाबी लगाकर खोलता है।*

**नवीन :** अन्दर जाओ दीपा–यही इरा का मकान है–मैं सामान लाता हूँ।

**39. दिन : ड्राइंगरूम : बम्बई**

*दीपा ड्राइंगरूम में दाख़िल होती है–चारों तरफ़ देखती है। टेलीफोन की घंटी बजती है–दीपा टेलीफोन की तरफ़ देखती है और दो क़दम बढ़ती है–झिझकती है, क्या करे?...फिर दरवाज़े की तरफ़ मुड़ती है–नवीन सूटकेस अन्दर रखकर दौड़कर टेलीफोन उठाता है।*

**नवीन :** हैलो–हाँ-हाँ–नहीं–गाड़ी राइट टाइम थी–अभी-अभी आए यहाँ हम दोनों–हाँ-हाँ बात करो।

*नवीन दीपा की तरफ़ टेलीफोन बढ़ाता है...।*

**नवीन :** इरा का टेलीफोन है...।

*दीपा टेलीफोन लेती है...।*

**दीपा :** हैलो...।

**इरा की आवाज़ :** हैलो दीपा–कितने दिनों बाद तेरी आवाज़ सुन रही हूँ... कैसी है तू...घर तो आसानी से मिल गया? मैंने ही नवीन...

*दीपा का चेहरा पहले बहुत खुश होता है–बाद में नवीन के नाम पर वह फौरन बोल पड़ती है...।*

**दीपा :** कहाँ है तू इरा?

## 40. दिन : इरा का दफ़्तर : बम्बई

*इरा किसी एडवरटाइजिंग फर्म में है।*

**इरा :** नौकरी है दीपा–छुट्टी नहीं ले पाई–और इनका भी काम कुछ ऐसा ही है–कल कलकत्ता चले गए–फिर यहाँ नौकरों की भी अजीब मुसीबत है–दो दिन हुए हमारा नौकर भाग गया–हाँ...ऐसी मुसीबत है–क्या बताऊँ–सब मुझे ही करना पड़ता है...तुझे भी दीपा सब अपने आप ही करना पड़ेगा–वैसे मैं आज जल्दी ही आ जाऊँगी–यहाँ तो दम भरने की भी फ़ुर्सत नहीं मिलती–और क्या–इसीलिए नवीन को भेज दिया तुझे लाने–कम-से-कम तुझे पहचानता तो है–*(हँसती है)* नवीन, याद है न तुझे? बता तो सही, क्या कर रहे हो दोनों मिलकर *(फिर हँसती है।)*

## 41. दिन : ड्राइंगरूम

*दीपा को ख़राब लगता है।*

**दीपा :** प्लीज़ इरा...।

## 42. दिन : इरा का दफ़्तर

**इरा :** और देख फ्रिज में कुछ खाना पड़ा है–गरम करके खा लेना–और बाथरूम में देखना पानी है या नहीं–बरसात के सिवा बम्बई में कभी पानी पूरा मिलता ही नहीं–हाँ...।

## 43. दिन : ड्राइंगरूम

**दीपा :** तू मेरी फिक्र न कर–बस जल्दी आ जा–बहुत-सी बातें करनी हैं तुझसे–बरसों से देखा भी तो नहीं तुझे।

**इरा की आवाज़ :** आ जाऊँगी जल्दी...रखती हूँ मैं–हैव ए नाइस टाइम। *(हँसती है)*

*दीपा भी मुसकराती है–टेलीफोन रख देती है।*

*नवीन दो टम्बलर लिए कमरे में आता है...।*

**नवीन :** लो दीपा–गरम-गरम कॉफ़ी, थक गई होगी।

**दीपा :** यह सब करने की क्या ज़रूरत थी–मैं खुद बना लेती...।

*दीपा कॉफ़ी ले लेती है।*

**नवीन :** पिछले एक साल से अपने अकेले फ्लैट में रोज़ कॉफ़ी बनाते-बनाते अब तो मैं एक्सपर्ट हो गया हूँ। देखो पीकर।

*दीपा कॉफ़ी पीती है–फ्रीज फ्रीज होता है।*

### 43 A. दिन : ड्राइंगरूम

**दीपा की आवाज़ :** अभी तक नवीन ने शादी क्यों नहीं की? करे-न करे मुझे क्या?

*फ्रेम डिफ्रीज़ होता है–दीपा कॉफ़ी पीती है–पास ही नवीन खड़ा कॉफ़ी पी रहा है।*

**नवीन :** इरा कह रही थी तुम यहाँ किसी कॉलेज के लेक्चररशिप के इंटरव्यू के लिए आई हो...।

**दीपा :** हाँ...तुम क्या कर रहे हो यहाँ?

**नवीन :** मैं एडवरटाइजिंग फ़िल्में बनाता हूँ–यह जो सब होता है न–सिनेमा में शो के पहले दिखाते हैं–एस्प्रो–डालडा–बिनाका–साबुन–टूथब्रश–एक-एक मिनट की फ़िल्में–इनमें से कुछ मैंने बनाई हैं–इसी काम में मेरी पहचान प्रमोद से हुई–प्रमोद एकाउंट एक्सक्यूटिव है–और जब पता चला प्रमोद हमारी इरा का हसबैंड है–तब दोस्ती हो गई।

*नवीन कॉफ़ी ख़त्म करता है।*

**नवीन :** अब मैं चलता हूँ–कुछ चाहिए तो नहीं?

**दीपा :** नहीं-नहीं...।

**नवीन :** शाम को आऊँगा छह बजे...।

*दीपा खड़ी हो जाती है। नवीन मुसकराता है और बाहर चला जाता है–हलके से किवाड़ बन्द कर देता है। दीपा कॉफ़ी की आख़िरी घूँट पीकर टम्बलर को वहीं रखती है–सिर के बाल ढीले कर देती है–घंटी बजती है–दीपा आहिस्ता से टेलीफोन उठाती है और एक दबी हुई 'हैलो' कहती है। एक बार घंटी और बजती है–कुछ समझ नहीं पाती–घंटी डोरबेल की है–रिसीवर रखकर दरवाज़ा खोलती है। नवीन अन्दर आता है...*

**43 B. दिन : ड्राइंगरूम**

**नवीन :** गोगल्स किचन में भूल गया।

*नवीन सीधा अन्दर चला जाता है। गोगल्स पहनकर आ जाता है, दरवाज़े पर खड़ा होकर कहता है–*

**नवीन :** तुम बम्बई में नई हो–कोई घंटी बजाए तो इस मैजिक आई से देख लिया करो, कौन है–अगर कुछ समझ में न आए कौन है तो यह चैन लगाकर दरवाज़ा खोलकर देख लेना–वैसे घबराने की कोई बात नहीं है...जस्ट प्रिकोशन्स!

*नवीन मुसकराकर चला जाता है–दीपा दरवाज़ा बन्द कर देती है। पास ही खुली खिड़की पर जाती है और नीचे देखती है। नवीन जाता नज़र आता है।*

**44. दिन : बेडरूम : बम्बई**

*दीपा किताबों की शेल्फ़ से एक किताब लेकर बिस्तर पर लेट जाती है–उसके बाल खुले हुए हैं–किताब*

*पढ़ती है (सीन 30 का म्यूज़िक) फिर किताब एक तरफ़ रख देती है–या खुली हुई किताब सीने पर रखती है–किसी सोच में पड़ जाती है...।*

**45. दिन : कॉलेज : बाहर**

*दीपा नवीन से एक किताब लेती है–दोनों कॉलेज के बाहर हैं–*

**दीपा :** परसों वापस कर दूँगी...।

*नवीन सिर्फ़ मुसकराता है। दीपा किताब लेकर एक कोने में जाती है–किताब खोलती है–उसमें से एक खत निकालती है–कहीं बैठ जाती है और बड़ी उत्सुकता से चिट्ठी पढ़ती है–बीच में हँसती भी रहती है।*

**46. दिन : एक कमरा**

*लेटरपैड के चार पेज लिखे जा चुके हैं–दीपा पेट के बल लेटी हुई पाँचवें पेज के अन्त में आ जाती है–आख़िर में लिखती है–तुम्हारी दीपा–उठ बैठती है और पाँचों पेज को फोल्ड करके एक किताब के बीच रखती है...।*

**47. दिन : कॉलेज : बाहर**

*दीपा का हाथ किताब नवीन के हाथ में दे देता है। पाँच पेज की चिट्ठी की वजह से साफ़ नज़र आता है कि बीच में कोई चिट्ठी है–किताब देकर दीपा एक तरफ़ चल देती है–कुछ दूर जाकर नज़र बचाकर मुड़कर देखती है...।*

## 48. दिन : रेस्टोरेंट का केबिन

*नवीन एकटक देख रहा है...दीपा भी नवीन की तरफ़ देख रही है।*
*दोनों किसी रेस्टोरेंट में बैठे हैं–दोनों ने एक-दूसरे का हाथ पकड़ा हुआ है...दूसरे हाथ से कुछ-कुछ खा रहे हैं...।*
*टेबल के नीचे दोनों ने चप्पलें उतार रखी हैं–और चारों पैर एक-दूसरे से लगे हुए हैं...।*

## 49. दिन : कोई भी जगह–पार्क इत्यादि

*दीपा नवीन की उँगलियाँ पकड़े उनसे खेल रही है–दोनों किसी पेड़ या पिलर के पास खड़े हैं–कुछ बात कर रहे हैं–दोनों के पास कॉलेज की किताबें हैं...।*

## 50. दिन : फुटबॉल या हॉकी का मैदान

*फुटबॉल या हॉकी का खेल–*
*दीपा और नवीन पास-पास बैठे खेल देख रहे हैं–दोनों मूँगफली खा रहे हैं–दोनों खुश हैं...इरा भी वहीं नज़दीक ही है–गोल होता है–लोग खुशी से चिल्लाते हैं–रेफरी ज़ोर से व्हिसिल बजाता है।*

## 51. दिन : बेडरूम : बम्बई

*दीपा आँखें खोले लेटी हुई है (सीन-37)–रेफरी की व्हिसिल से मैच करती हुई डोरबेल बजती रहती है...दीपा को होश आता है। वह उठती है...।*

## 52. दिन : ड्राइंगरूम : बम्बई

*दीपा आती है—किवाड़ खोलना चाहती है पर कुछ सोचकर मैजिक आई से देखती है—एक मूँछोंवाले आदमी का डिसटोरटेड चेहरा नज़र आता है।...*
*दीपा दरवाज़े की चैन लगाकर किवाड़ थोड़ा-सा खोलती है—वह एक चिट्ठी दीपा को देता है। चिट्ठी लेकर दीपा किवाड़ बन्द कर देती है। चिट्ठी देखती है... ।*

## 52 A. दिन : बेडरूम : बम्बई

*दीपा बिस्तर पर पेट के बल लेटी हुई है—कैमरा हिलते हुए पैर से पैन करता हुआ उसके हाथों पर आता है—वह एक चिट्ठी लिख रही है—*
*प्रिय संजय,*
*मैं यहाँ आज सुबह आ पहुँची हूँ—मैं तो कभी सोच भी नहीं सकती थी कि स्टेशन पर मुझे रिसीव करने नवीन... ।*
*उसका पेन रुक जाता है—आखिरी लाइन को काट देती है—फिर पेड का पेज ही फाड़ डालती है—दूसरे पेज पर फिर से लिखती है... ।*
*प्रिय संजय... ।*

## 53. दिन : पैसेज : बम्बई

*लिफ्ट ऊपर आती है—इरा लिफ्ट से बाहर आती है—उसके हाथों में चार-पाँच पैकेज हैं—वह घंटी बजाती है—रुकती है—फिर मैजिक आई से अन्दर की तरफ़ झाँकती है—एक बड़ी खुली हुई आँख मैजिक आई की गोलाई पर नज़र आती है।*

**54. दिन : ड्राइंगरूम : बम्बई**

*दीपा रीएक्ट करती है–कुछ पीछे हट जाती है...।*

**55. दिन : पैसेज : बम्बई**

*इरा भी रीएक्ट करती है...।*
*फिर घंटी बजाती है...।*

**56. दिन : ड्राइंगरूम : बम्बई**

*दीपा जंजीर लैच पर लगाती है और धीरे से दरवाज़ा खोलती है...सामने इरा खड़ी नज़र आती है...।*

**इरा :** हाय, दीपा!

**57. दिन : पैसेज : बम्बई**

*कुछ खुला हुआ दरवाज़ा...दीपा का चेहरा खिल उठता है...।*

**दीपा :** अरे इरा तू है?...

**58. दिन : ड्राइंगरूम : बम्बई**

*दीपा दरवाज़ा खोल देती है–इरा अन्दर आती है...। सामान कहीं पर रख देती है...।*

**दीपा :** कैसी मोटी हो गई है...।

**इरा :** मुझे मालूम है–दुनिया भर की एक्सरसाइज़ करती हूँ लेकिन यह कमबख्त मुटापा जाता ही नहीं है–कहते हैं खाना छोड़ दो–यह भी कोई बात हुई? लेकिन दीपा कितने दिनों बाद देख रही हूँ तुझे... बिलकुल वैसी की वैसी ही है...।

*दीपा कुछ शरमाती है...। नज़र नीची कर लेती है...।*

**इरा :** अच्छा बता, सफ़र कैसा रहा? मेरा मतलब है स्टेशन से यहाँ घर तक?

**दीपा :** तुझे नवीन को नहीं भेजना था स्टेशन–इतना बुरा लग रहा था मुझे...।

**इरा :** तू क्या अभी तक पुराने घाव सेक रही है? कभी तो पागल-सी थी उसके प्रेम में...।

**दीपा :** था एक पागलपन...लेकिन पिछला मैं सब कुछ भूल चुकी हूँ–मेरा नवीन से अब कोई सम्बन्ध नहीं है।

**इरा :** छह साल पुरानी बातों को लेकर आज भी घुट रही है तू।

**59. दिन : बेडरूम : बम्बई**

*दोनों बिस्तर पर बैठे हैं।*

**दीपा :** सत्रह साल की उम्र में किया हुआ प्यार भी कोई प्यार होता है भला। निरा बचपना...।

**इरा :** तू फिर भी क़िस्मतवाली है दीपा–सत्रह साल में कुछ किया तो–यहाँ तो आज भी किसी के प्रेम में नहीं पड़ी–बस शादी ही हो गई है।

*दीपा हँस पड़ती है।*

**दीपा :** तेरी शादी के तो चार साल हो गए, बच्चा नहीं हुआ कोई?

**इरा :** दोनों नौकरी कर रहे हैं–बच्चे को कौन सँभालेगा–फिर अशोक स्टेट्स जाने के चक्कर में है–अगर मौक़ा लग गया तो दोनों निकल पड़ेंगे–बच्चों में तो झमेला और बढ़ जाएगा।

**दीपा :** कब आएँगे तेरे अशोक?

**इरा :** हफ्ता भर लगेगा–तब तक तू रह क्यों नहीं जाती यहीं?

**दीपा :** क्या पता इरा–मुझे तो इस इंटरव्यू से डर ही लग रहा है–तेरे अशोक यहाँ होते तो शायद किसी से सिफ़ारिश वगैरह कर देते।

### 60. दिन : ड्राइंगरूम : बम्बई

*दोनों ड्राइंगरूम टेबल पर चाय पी रहे हैं।*

**इरा :** अरे नहीं-नहीं–ये तो बिलकुल निकम्मे आदमियों में से हैं–मैं नवीन से कहती हूँ–आता ही होगा यहाँ–उसकी बहुत जान-पहचान है। अशोक को भी कोई काम पड़ता है तो नवीन का ही सहारा लेता है।...

**दीपा :** नहीं इरा...नवीन को मेरे मामले में न ला–मैं नहीं चाहती नवीन मेरे लिए कुछ...।

**इरा :** फिर वही बात। जो हो गया सो हो गया...। किसी जमाने में दोनों प्यार भी तो करते थे–हो सकता है फिर दोनों में मेल हो जाए–नवीन लड़का वैसे लाखों में एक है।

**दीपा :** यह सब कुछ नहीं इरा, तुझे नहीं मालूम–मेरी शादी पक्की हो गई है।

**इरा :** सच! किससे?

**दीपा :** है एक...।

**इरा :** लेकिन है कौन? देख तो सही–बताया भी नहीं मुझे! कहाँ मिला तुझे?
*इसी वक़्त डोरबेल बजता है–*
*घड़ी देखती है।*

**इरा :** छह बज गए। ज़रूर नवीन होगा!
*जाकर दरवाज़ा खोलती है–नवीन कमरे में दाख़िल होता है–इरा किवाड़ बन्द करती है।*

**इरा :** बैठो नवीन–तुम्हारा ही इन्तज़ार कर रही थी–चाय पीओगे?

**नवीन :** श्योर।

*नवीन दीपा की पासवाली कुर्सी पर बैठ जाता है–इरा चाय बनाते-बनाते पूछती है।*

**60 A. दिन : ड्राइंगरूम : बम्बई**

**इरा :** हाँ दीपा–कहाँ मुलाकात हुई तेरी उससे?

*दीपा बेचैन-सी हो जाती है। नवीन के सामने कुछ नहीं कह पाती। वह खड़ी हो जाती है...।*

**नवीन :** किससे मुलाक़ात की बातें हो रही हैं?

**दीपा :** किसी से नहीं–मैं आई अभी। इरा अपना एक तौलिया तो देना मुझे...।

*दीपा जल्दी से बेडरूम की तरफ़ जाती है–इरा भी उठती है।*

**61. दिन : बाथरूम : बम्बई**

*एक हाथ नल खोलता है–दीपा अपना मुँह धोकर तौलिया से पोंछती है–एक फ्रेम फ्रीज़ होता है।*

**दीपा की आवाज़ :** क्यों नहीं बता देती कि मैं संजय से शादी करनेवाली हूँ? झिझक काहे की?

*दीपा मुँह साफ़ कर लेती है।*

**62. दिन : ड्राइंगरूम : बम्बई**

**इरा :** अब बता नवीन को–कहाँ है तेरा इंटरव्यू?

**दीपा :** वाडिया कॉलेज में है–बीस अक्टूबर–दस बजे।

**नवीन :** वाडिया...ठीक है–मिल तो जाना चाहिए काम।

*नवीन चाय पीते-पीते कहता है...।*

**नवीन :** तुमने किस सब्जेक्ट से एम.ए. किया है?

**दीपा :** साइकोलॉजी...क्यों?

**नवीन** : मेरा मतलब है लेक्चररशिप किस चीज़ की माँगी है...।

**इरा** : देखो नवीन, दीपा को कॉलेज में नौकरी चाहिए–चाहे साइकोलॉजी में हो या हिस्ट्री में–और तुम्हें सब करवाना पड़ेगा, आई बात समझ में?

*नवीन मुसकराता है।*

**नवीन** : प्रोफेसर देवधर से एक बार मुलाकात तो हुई थी...। अच्छा जस्ट ए मिनट।

*नवीन चाय ख़त्म करके टेलीफोन पर चला जाता है और एक नम्बर घुमाता है।*

**इरा** : अब तो बता कौन है वो?

**दीपा** : कौन?

**इरा** : जिससे शादी करेगी?

**दीपा** : अभी नहीं–फिर बताऊँगी।

**इरा** : क्यों नवीन से छुपाना चाहती है?

**दीपा** : *(तुनककर)* मैं क्यों छुपाने लगी नवीन से?

**नवीन** : *(टेलीफोन पर)* तुम तो प्रोफेसर देवधर को अच्छी तरह जानते हो...हाँ...मेरी एक क्लासफेलो दिल्ली से आई है–इंटरव्यू के लिए...हाँ...लेक्चरर...हाँ-हाँ... बीस अक्टूबर को है इंटरव्यू...एक बार पूछ तो लेना कौन-कौन हैं इंटरव्यू बोर्ड में...गुड, मैं कल फिर टेलीफोन करूँगा... ओ.के. बाई...।

## 62 A. दिन : ड्राइंगरूम : बम्बई

*नवीन एक और नम्बर घुमाता है...इरा और दीपा सुन रही हैं...।*

**नवीन** : *(टेलीफोन पर)* हैलो...कुड आई स्पीक टू मिस्टर भडकमकर? हैलो भडकमकर...स्टोरी बोर्ड मिला? ठीक है न...आप एप्रूव करवाइए, शूटिंग करने में कितना टाइम लगता है–भई मेरा एक ज़रूरी काम

है–हमारे एक क्लोज फ्रेंड दिल्ली से आए हैं एक इंटरव्यू के लिए...यस...। *(हँसता है)*

**63. रात : बेडरूम : बम्बई**

*इरा अपनी नाईट ड्रेस में अपने बिस्तर पर आकर लेट जाती है...।*

**इरा :** दीपा यहीं आ जा, हम दोनों यहीं संग सोएँगे।

*दीपा चुटिया बना रही है, साड़ी पहने इरा की तरफ़ देखती हुई कहती है...*

**दीपा :** अपने पति की जगह मुझे दे रही है?

**इरा :** आज तू ही सही–थोड़ा स्वाद तो बदल जाएगा।

**दीपा :** अक्सर स्वाद तो नहीं बदलती रहती तू?

**इरा :** अरे, हम इतने भाग्यवान कहाँ।

*इरा हँस पड़ती है–दीपा भी।*

**इरा :** याद है दीपा? कॉलेज में कैसे लड़के हमें घूरा करते थे–और तू और मैं नाक की सीध में चले जाते थे जैसे कुछ नहीं मालूम–लेकिन–कैसा मज़ा आता था।

*दीपा पास में आकर सो जाती है।*

*इरा अपने 'साइड' पर घूमकर दीपा के ऊपर एक पैर रखती है और एक हाथ से चिपठा-सा लेती है।*

**दीपा :** अरे...।

**इरा :** भई हमारी तो यही आदत है सोने की–अब बता कौन है तेरा नया छैला–नवीन-टवीन कोई नहीं है यहाँ...।

**दीपा :** हमारे इंटर के बाद तू तो लखनऊ चली गई–मैं आ गई दिल्ली–अपने भैया के पास–यहीं बी.ए. ज्वाइन किया–संजय मेरी ही क्लास में था–संजय है नाम उसका–दो साल तो ऐसे ही हम दोनों एक-दूसरे को

पहचानते थे–जैसे कॉलेज के दूसरे लड़के-लड़कियों से जान-पहचान थी–मैं वैसे भी लड़कों से कुछ दूर ही रहती थी–नवीन का घाव तब भी ताज़ा था...।

**इरा :** फिर क्या हुआ?

**63 A. रात : बेडरूम : बम्बई**

**दीपा :** तब हमारे बी.ए. फाइनल के इम्तहान हो रहे थे–सिर्फ़ दो पेपर्स बाक़ी थे–इम्तहान का हॉल हमारे घर से पास ही था इसलिए मैं पैदल ही चली जाती थी रोज़...दिल्ली तो तुझे मालूम है–कितनी गर्मी पड़ती है–उस दिन रात ज़ोर की आँधी भी आई थी–सुबह फिर बारिश–मैं कुछ लेट भी हो गई थी–बारिश की वजह से एक मकान की आड़ में खड़ी थी...।

**64. दिन : रास्ता**

*दीपा एक बिल्डिंग की आड़ में खड़ी है–बारिश हो रही है–दो-तीन और आदमी भी खड़े हैं।*

**दीपा की आवाज़ :** मुझे देर हो रही थी–दस बजे हॉल में पहुँचना ज़रूरी था। *दीपा अपनी घड़ी देखती है–फिर हाथ बढ़ाकर बारिश देखती है...।*

*संजय एक फटा-सा छाता लिए चला जा रहा है–काफ़ी भीग चुका है लेकिन बारिश की कोई ख़ास परवाह नहीं है–संजय दीपा को देखता है...संजय खड़ा हो जाता है।*

**संजय :** चलिए...इम्तहान नहीं देना क्या?

*दीपा कुछ सिटपिटाती है...।*

**संजय :** जल्दी आइए...टाइम हो गया है।

*दोनों एक ही छाते के नीचे चलते नज़र आते हैं–दीपा संजय से कुछ अलग-अलग है, कुछ भीग भी रही है–संजय छाते को दीपा के ऊपर करने से खुद भीगता है।*

**संजय :** नज़दीक आ जाइए–मैं कोई भंगी तो नहीं हूँ...फिर आजकल तो भंगियों से भी छूतछात नहीं होता। मैं काट नहीं खाऊँगा...।

### 65. दिन : इम्तहान का हॉल

*लड़के-लड़कियाँ चुपचाप इम्तहान दे रहे हैं–संजय और दीपा हॉल के अन्दर आते हैं–दोनों पूरी तरह से भीगे हुए हैं–दोनों अपनी-अपनी जगह पर बैठते हैं–संजय ब्लाटिंग पेपर से अपने बदन का पानी सुखाता है।*

**संजय :** ब्लाटिंग पेपर्स, प्लीज़।

*इंवीजिलेटर कुछ ब्लाटिंग पेपर संजय की टेबल पर रखता है। संजय ब्लाटिंग पेपर से मुँह, गर्दन, हाथ से पानी सोखाता है।*

*इंवीजिलेटर देखता है।*

### 66. दिन : हॉल के बाहर

*चार-पाँच गुट में लड़के-लड़कियाँ अपने-अपने पेपर्स की बातचीत करते दिखाई देते हैं। दीपा दो और लड़कियों से विदा लेकर चल देती है। संजय उसके पास लपककर आता है...।*

**संजय :** कहिए, कैसा पेपर हुआ?

**दीपा :** ठीक ही रहा...आपका?

**संजय :** हमें कौन-सी फर्स्ट क्लास लानी है–बस पाँच मार्क्स मिल जाएँ...और क्या चाहिए...।

*दीपा मुसकराती है...।*

**संजय :** कल आख़िरी इम्तहान है–कल मिलते हैं सुबह उसी बिल्डिंग के पास–कल भी बारिश होनेवाली है।

**दीपा :** कल मैं अपना छाता ले आऊँगी।

**संजय :** चलो फिर मैं नहीं लाऊँगा।

*संजय हँस पड़ता है। दीपा मुसकराती है।*

**संजय :** आपका रोल नम्बर क्या है?

**दीपा :** 16009।

**संजय :** 16009, मेरा नम्बर है–15979, लिख लीजिए–ज़रा टेढ़ा नम्बर है।

*दीपा मुसकराती है।*

*कुछ दूर पर कुछ लड़के हैं–उनमें से एक संजय को ज़ोर से पुकारता है। संजय दीपा को हाथ से बाई-बाई करके अपने दोस्तों में आ जाता है।*

**दोस्त :** *(संजय से)* क्यों बे...पटा रहा था?

*शायद दीपा ने भी सुन लिया...।*

## 67. रात : सिनेमा हॉल के अन्दर

*दीपा, दीपा की भाभी और भाई सिनेमा हॉल के अन्दर बैठे हैं।*

**दीपा की आवाज़ :** एक दिन हम सिनेमा देख रहे थे, भैया, भाभी और मैं, हम फ़िल्म देखने में तल्लीन थे...।

*संजय गैंगवे से आता नज़र आता है–अशर टॉर्च जलाकर संजय को एक खाली सीट पर बैठा देता है। इतनी देर से आया है इसलिए आस-पास के लोग उसे देखते हैं–संजय के पास एक मोटा-सा आदमी बैठा है।*

**संजय :** *(मोटे आदमी से)* फ़िल्म शुरू हो गई?

*मोटा आदमी बुरी तरह से घूरता है।*

**मोटा :** इंटरवल होनेवाला है।

*संजय फ़िल्म देखता है...।*

*मध्यान्तर स्क्रीन पर आता है।*

*हॉल में रोशनी हो जाती है।*

*संजय और दीपा एक ही रो में बैठे हैं-बीच में सिर्फ़ मोटा आदमी है। संजय दीपा को देख लेता है।*

**संजय :** हैलो दीपा?

**दीपा :** अरे...आप!!

*दीपा की भाभी और भैया संजय को देखते हैं...।*

**दीपा :** भैया, संजय...हम दोनों ने एक ही कॉलेज से बी.ए. किया है *(संजय से)* मेरी भाभी और भैया।

*सब नमस्ते करते हैं।*

**संजय :** मेरा ख़याल है मैंने बहुत कुछ मिस किया है...।

**दीपा :** हाँ...बहुत लेट आए हैं आप।

*इस बातचीत के दौरान में बीच का मोटा आदमी काफ़ी परेशान होता है। दीपा सामने की तरफ़ देखती है-संजय उठकर बाहर चला जाता है।*

### 67 A. दिन : सिनेमा हॉल के अन्दर

*फ़िल्म फिर से शुरू होती है। संजय मूँगफली खाता हुआ गैंगवे से आता है और अपनी जगह पर बैठ जाता है। मूँगफली का ठोंगा दीपा की तरफ़ बढ़ा देता है (मोटे आदमी के पेट को पारकर)*

**संजय :** लीजिए न...सिर्फ़ मूँगफली ही है...।

*दीपा अनिच्छा से थोड़ी मूँगफली ले लेती है।*

*सब फ़िल्म की तरफ़ देखते हैं।*

*(संजय दीपा की तरफ़ झुककर)*

**संजय :** यह क्या लड़की का लवर है?

**दीपा :** नहीं...उसका भाई।

**संजय :** भाई–डायलॉग तो ऐसे बोल रहा है जैसे इसी लड़की से इसकी शादी होगी।

**मोटा :** आप कृपया चुपचाप बैठेंगे?

*संजय चुप हो जाता है। मूँगफली खाता रहता है। कोई गाना शुरू होता है–संजय हँस पड़ता है... ।*

**संजय :** लो...गाना शुरू हो गया...मैं बाहर घूमकर आता हूँ।

*संजय चला जाता है।*

*दीपा को संजय का बड़बड़ाना ख़राब लगता है... ।*

**भाभी :** कौन है? तब से बकबक कर रहा है।

**दीपा :** है एक मुसीबत। भाभी तुम मेरी जगह बैठो–नहीं तो फिर कान खाएगा।

*भाभी और दीपा आपस में सीट बदल लेती हैं।*

*संजय टहलता हुआ फिर आ बैठता है। एक चाकलेट का पैकेट भाभी की तरफ़ बढ़ा देता है, सामने फ़िल्म देखते हुए (वह समझता है वहाँ दीपा बैठी है)। भाभी नहीं लेतीं और दूसरी तरफ़ झुक पड़ती हैं।*

## 67 B. रात : सिनेमा हॉल के अन्दर

**संजय :** *(ज़रा आवाज़ को रोककर)* चाकलेट।

*भाभी कुछ देर क्या करे न करे सोचकर झट से चाकलेट ले लेती है।*

*संजय फिर हँस पड़ता है।*

**संजय :** अभी तो गा रहा था अब रो रहा है।

*संजय हँसता हुआ दीपा (भाभी) की तरफ़ देखता*

*है—मोटा आदमी और भाभी दोनों कड़ी नज़र से संजय की तरफ़ देखते हैं। दीपा की जगह भाभी को देखकर संजय सिटपिटाता है। दीपा को मज़ा आता है—वह छुपकर हँसी दबाती है।*

**68. रात : सिनेमा हॉल के बाहर**

*लोग बाहर जा रहे हैं—शो ख़तम हो गया है... दीपा, भाभी और भैया भी बाहर हैं—संजय भी...।*

**संजय :** आप कहाँ रहते हैं?

**दीपा का भाई :** निज़ामुद्दीन ईस्ट—स्कूटर मिलेगी भी या नहीं क्या मालूम...स्कूटर। *(चिल्लाता है)*

**संजय :** *(मुसकराकर)* नहीं-नहीं, मिलेगी क्यों नहीं...*(दीपा से)* परसों रिज़ल्ट आउट हो रहा है।

**दीपा :** हाँ...मुझे तो बड़ा डर लग रहा है।

**संजय :** *(हँसता है)*—डर काहे का—आपका रोल नम्बर 15009 है न?

**दीपा :** नहीं—16009।

**संजय :** हाँ—हाँ, सॉरी...मेरा नम्बर है 15979।

**69. दिन : ड्राइंगरूम : दिल्ली**

*अख़बार में रोल नम्बर—एक उँगली नम्बरों को टटोल रही है...दीपा की उँगली है।*

**दीपा :** भैया, संजय भी पास हो गया है...सेकंड डिवीज़न में।

**भैया :** कौन संजय?

**दीपा :** वो जो लड़का मिला था परसों, सिनेमा में।

**भाभी :** वो बातूनी पास हो गया?

## 70. दिन : रास्ता : बस स्टॉप (निज़ामुद्दीन)

*दीपा रास्ता क्रॉस करके बस-स्टॉप पर आती है।*

**दीपा की आवाज़ :** फिर वो एक दिन हमारे बस स्टॉप पर मिला।

*स्टाप पर पाँच-छह आदमी खड़े हैं–संजय भी खड़ा है–संजय दीपा को देखकर खुश होता है लेकिन मुँह दूसरी तरफ़ कर लेता है, जैसे देखा ही नहीं– दीपा जब नज़दीक आती है तब उसकी तरफ़ देखकर ताज्जुब से कहता है।*

**संजय :** अरे दीपा तुम यहाँ रहती हो?...हाँ...हाँ...कहा था तुमने ईस्ट निजामुद्दीन...।

**दीपा :** कैसे आना हुआ इधर?

**संजय :** एक दोस्त से मिलने आया था यहाँ...कौन-सा घर है तुम्हारा?

*दीपा उँगली उठाकर दिखाती है।*

**दीपा :** वो...वहाँ...पहले मंजिल पर।

**संजय :** लो बस आ गई...।

## 71. दिन : एक बस के अन्दर

*संजय और दीपा पास बैठे हैं–*

**संजय :** भई फर्स्ट डिवीजन में पास होने की बधाई–हम तो फेल हो गए।

**दीपा :** जैसे मुझे मालूम ही नहीं सेकंड डिवीज़न में पास हुए हैं आप।

**संजय :** तुम्हें कैसे मालूम?

**दीपा :** रोल नम्बर जो बताया था आपने...।

**संजय :** मेरा रोल नम्बर याद रखा तुमने?

**दीपा :** एम.ए. में क्या ले रहे हैं?

**संजय :** कॉलेज को अब छुट्टी–ग्रेजुएट हो गए और क्या

चाहिए–बी.ए. पास कर लिया है कोई साला यकीन ही नहीं करता–कहते हैं ज़रूर कॉपी की होगी।

*संजय हँसता है–दीपा भी।*

**संजय :** तुम तो एम.ए. ज्वाइन कर रही होगी?

**दीपा :** हाँ...साइकोलॉजी में।

**संजय :** तुम लड़कियों का क्या है–पता नहीं कैसे फर्स्ट क्लास ले आती हो–फिर एम.ए., पी-एच.डी., एल-एस.डी...।

*कंडक्टर आता है...।*

**संजय :** दो टिकट कनॉट प्लेस।

*संजय टिकट लेता है और आराम से पैसे निकालता है लेकिन दीपा इसी बीच पैसे दे देती है...।*

**संजय :** यहाँ भी फर्स्ट!!

**72. दिन : नई दिल्ली**

*कार से शाट्स–(इंडिया गेट, पार्लियामेंट हाऊस–नार्थ ब्लॉक–साउथ ब्लॉक–और खूबसूरत रास्ते) संजय और दीपा रेस्टॉरेंट में–*
*सुनसान रास्ते पर–स्कूटर में–*
*कनॉट प्लेस के रेडियम में–*
*दीपा के घर उसके भैया भाभी के साथ इत्यादि...।*

**दीपा की आवाज़ :** अक्सर संजय हमारे बस स्टॉप पर मिल जाता–कहता उसका कोई दोस्त रहता है वहाँ–बाद में पता चला कि वह बस स्टॉप में सिर्फ़ मुझसे मिलने ही आता था–दोस्त का तो सिर्फ़ बहाना था...इस तरह हमारी जान-पहचान बढ़ती गई–उसका खुला व्यवहार–हँसमुख चेहरा–मुझे अच्छा लगने लगा–मैं उसकी तरफ़ खिंचने लगी–कभी न

मिलता तो बड़ा सूना-सूना-सा लगता–फिर...फिर मेरे प्यार का, मेरी भावनाओं का, मेरे भविष्य की सारी योजनाओं का केन्द्र संजय बन गया। सिर्फ़ मैं ही नहीं, भाभी को भी वह बहुत पसन्द है–फिर एक दिन–*(दीपा हँस पड़ती है)* संजय ही कर सकता है ऐसी हरकतें...।

**73. दिन : ड्राइंगरूम : दिल्ली**

*दीपा और भाभी सोफ़े पर बैठी हैं–संजय चहलक़दमी कर रहा है...।*

**संजय :** अच्छा यही सही भाभी, तुम जीती मैं हारा–मैं दीपा से शादी करूँगा, बस...।

**भाभी :** यह दीपा से कहो, मुझसे नहीं। प्रोपोज कैसे करते हैं नहीं मालूम?

**संजय :** ज़रूर मालूम है...।

*संजय दीपा की तरफ़ मुड़ता है। अपना सीधा हाथ हिटलराना तरीक़े से तनाकर दीपा की तरफ़ गुर्राता हुआ कहता है–*

**संजय :** मैं भगवान को हाज़िर-नाज़िर रखकर कहता हूँ कि मैं शादी दीपा...।

**भाभी :** यह क्या हाथ ऊँचा कर रखा है–भगवान हैं या हिटलर। ऐसे करो...।

*भाभी हाथ जोड़कर बताती है। संजय हँसता हुआ हाथ जोड़कर कहता है–।*

**संजय :** मैं भगवान को हाजिर-नाज़िर, नहीं-नहीं–मैं भगवान और भाभी को हाज़िर-नाज़िर करके कहता हूँ कि मैं मिस दीपा कपूर एम.ए. से शादी करूँगा–अगर कोई दूसरी लड़की न मिली तो।

## 74. रात : बेडरूम : बम्बई

*दीपा का मुसकराता हुआ चेहरा–पास ही इरा सोई हुई है।*

**इरा :** उसे नवीन के बारे में मालूम है?

**दीपा :** हाँ–मैंने ही बताया है उसे...कभी-कभी लगता है नवीन की बात को लेकर उदास हो उठता है लेकिन खिलखिलाकर बातों को उड़ाकर मुझे ही चिढ़ाने लगता है।

*इरा जम्हाई लेती है... ।*

**इरा :** चलो अब सोते हैं–किसी बारिश के दिन मैं भी किसी बिल्डिंग के नीचे खड़ी होती हूँ...देखती हूँ कोई कम्बख़्त संजय की तरह मेरे पास भी फटी छतरी लेकर आता है या नहीं।

*दोनों हँसती हैं।*

**दीपा :** तू क्यों किसी का इन्तज़ार करेगी, तेरी तो शादी हो गई है।...

**इरा :** शादी ही हुई है...प्यार कहाँ हुआ?

*इरा मुसकराती है और आँखें बन्द करके दीपा से चिपट जाती है।*

*दीपा के चेहरे पर मुसकराहट उभरी हुई है।*

*संजय फूल लिए सामने खड़ा है–हँस रहा है।*

*दीपा का चेहरा...वह लजा-सी जाती है... ।*

## 75. दिन : चर्चगेट पर रेस्टोरेंट

*दीपा, इरा और नवीन किसी रेस्टोरेंट में चाय पी रहे हैं... ।*

**इरा :** नौकरी मिलना कोई आसान नहीं है दीपा–डेढ़-सौ की नौकरी के लिए खुद मिनिस्टर सिफ़ारिश करने पहुँच जाते हैं–यह तो चार सौ का जॉब है।

**नवीन :** मेरा ख़याल है दीपा को यह जॉब मिलने में कोई ख़ास दिक्कत तो नहीं होनी चाहिए...एम.ए. है ही–बस सिर्फ़ टीचिंग एक्सपीरिएंस नहीं है...मैं अपने एक दोस्त से मिलता हूँ...कुछ-न-कुछ हो ही जाएगा...।

*दीपा कॉफ़ी का कप उठाते हुए। एक्शन फ्रीज़ होता है...।*

**दीपा की आवाज़ :** यह क्यों मेरे काम में इतनी दिलचस्पी ले रहा है? आज ऑफ़िस से छुट्टी भी ले ली है–मुझे बता देना चाहिए कि मैं संजय से शादी करनेवाली हूँ और पिछला सब कुछ भूल चुकी हूँ।

**इरा :** और फिर दीपा...इतना परेशान होने की ज़रूरत क्या है–नौकरी मिली-न-मिली–कौन-सी ज़िन्दगी भर मर्दों की तरह नौकरी करनी है हमें...पहली बार बम्बई आई है–कुछ घूम-फिर ले...क्या-क्या देखेगी, बोल...?

**दीपा :** मैं क्या बताऊँ–सुना है यहाँ हैंगिंग गार्डन है–चौपाटी है...जुहू....गेटवे ऑफ इंडिया...।

**इरा :** ठीक है–चल गेटवे ऑफ़ इंडिया चलते हैं...।

### 76. दिन : गेटवे ऑफ इंडिया

*गेटवे ऑफ़ इंडिया–इरा, दीपा और नवीन समुद्र पर एक बोट में हैं–नाव डगमगाती है–दीपा इरा को पकड़ लेती है–दीपा पानी में हाथ डालती है–पानी लेकर मुँह में लेती है–फिर थूक देती है...सब हँसते हैं...।*

### 77. दिन : उतरने की जगह

*तीनों फिसलन भरी सीढ़ियों से ऊपर चढ़ते हैं... नवीन, दीपा और इरा...दीपा को फिसलन में कुछ तकलीफ़ होती है...।*

**नवीन :** सँभलकर दीपा...लो...।

*नवीन अपना हाथ बढ़ा देता है...दीपा हाथ पकड़ने से झिझकती है—फिर पीछे से आती इरा को पकड़कर ऊपर चढ़ती है।*

**इरा :** अरे रे...मुझे मत पकड़ मैं गिर पड़ूँगी।

*दीपा सिटपिटाती हुई नवीन का हाथ पकड़ती है—दोनों का पकड़ा हुआ हाथ...।*

**78. रात : ड्राइंगरूम : बम्बई**

*तीनों घर वापस आते हैं—इरा धड़ाम से सोफ़ा पर लेट जाती है।*

**इरा :** मैं तो बिलकुल थक गई।

*दीपा भी एक सोफ़े पर बैठ जाती है।*

*दीपा भी थकी-सी है...।*

*नवीन खड़ा रहता है—बस एक सिगरेट निकालता है...।*

**दीपा :** बैठो नवीन—मैं कॉफ़ी बनाती हूँ अभी...।

**नवीन :** नहीं दीपा—मुझे अभी जाना है...उस आदमी से मिलने—तुम्हारे काम के लिए।

*नवीन सिगरेट पीता है।*

*दीपा एक बार नवीन को देखती है। नवीन सिगरेट पीता है। उसके मुँह पर कुछ-कुछ पसीना आ गया है। नवीन की जगह पर संजय खड़ा सिगरेट पी रहा है—दीपा उठकर आती है—अपने आँचल से उसका पसीना पोंछती है फिर उसे पकड़कर पास ही कुर्सी पर बिठा देती है—संजय उसे नज़दीक खींचता है—दीपा अपने को हटाकर कहती है—*

**दीपा :** अब यहाँ आराम से दो मिनट बैठो—मैं कॉफ़ी बनाकर लाती हूँ अभी...।

*इरा सोफ़े पर लेटी हुई है।*

**इरा :** अरे भई, अभी कोई कॉफी बनाने की बात कर रहा था...क्या हुआ उसका।

*दीपा अपनी जगह पर है...वह अपने आपको सँभाल लेती है।*

**दीपा :** हाँ...मैं बनाती हूँ अभी...।

*दीपा खड़ी हो जाती है–नवीन अपने रूमाल से पसीना पोंछता है।*

**दीपा :** *(नवीन से)* बैठो न...अभी बना लाती हूँ–दो मिनट में।

**नवीन :** आज जाने दो दीपा–मैंने मिलने का टाइम दे रखा है। मैं कल सुबह आऊँगा–नौ बजे...सो लांग इरा।

*नवीन चला जाता है।*

**79. रात : बेडरूम : बम्बई**

*दीपा सोई हुई है–पास ही इरा गहरी नींद में है–दीपा की आँखें खुली हुई हैं–वह हलकी-सी मुसकराती है...।*

*संजय रजनीगन्धा लिए खड़ा मुसकरा रहा है...।*

*दीपा करवट लेती है...हलकी मुसकान चेहरे पर है...।*

*आँखें बन्द करती है।*

*रजनीगन्धा के फूल और संजय का चेहरा उभर आता है।*

**80. दिन : बिल्डिंग के बाहर**

*नवीन कम्पाउंड में दाख़िल होता नज़र आता है...।*

## 81. दिन : ड्राइंगरूम : बम्बई

*खिड़की से दीपा देख रही है...दीपा के बाल खुले हुए हैं...उनमें कंघी कर रही है–अभी-अभी नहाकर आई लगती है–दीपा घूमकर दीवार पर लगी घड़ी देखती है।...घड़ी में नौ बजने में दो-तीन मिनट बाकी हैं– दीपा जाकर दरवाज़े की कड़ी खोल देती है। घड़ी के काँटे जल्दी-जल्दी घूमकर दस-पचास बजाती है... किवाड़ धड़ाम से खोलकर संजय रजनीगन्धा लिए लपककर अन्दर आता है...।*

**संजय :** सो सॉरी दीपा...साला एक गधा दोस्त रास्ते में मिल गया–छोड़ता ही नहीं था–साले ने नौ के ग्यारह बजा दिए–तुम बुरा न मानना–प्लीज़।

*डोरबेल की घंटी सुनाई देती है...दीपा उधर देखती है। दरवाजा हलके से खोलकर नवीन अन्दर आता है।*

**नवीन :** हैलो दीपा, गुड मार्निंग, बहुत फ्रेश लग रही हो.. .इरा कहाँ है?

**दीपा :** इरा के सिर में दर्द है–लेटी हुई है–बैठो न।

*दीपा किचन के अन्दर चली जाती है–नवीन बैठता है–इरा आती है–सर पर एक पट्टी बँधी हुई है... आकर मरी हुई-सी सोफे पर बैठती है।*

**इरा :** हैलो नवीन–डू मी ए फीवर–दीपा को तुम घुमा लाओ कहीं–मेरा सर तो दर्द से फटा जा रहा है...।

## 82. दिन : किचन : बम्बई

*दीपा चाय इत्यादि का ट्रे उठाती है–*
*वहीं पर फ्रेम फ्रीज़ होता है–*

**दीपा की आवाज़ :** क्या नवीन आज भी मुझसे कुछ उम्मीद रखता है–नहीं-नहीं मैं संजय के बारे में सब बता दूँगी...।

*दीपा ट्रे लेकर किचन के बाहर जाती है...।*

**83. दिन : ड्राइंगरूम : बम्बई**

*तीनों चाय पी रहे हैं...।*

**नवीन :** मैं कल मिला उस आदमी से–उसने कहा कि विद योर क्वालिफिकेशंस तुम्हें नौकरी मिल जाएगी–सिर्फ़ पाँच कैंडीडेट हैं।

**इरा :** दीपा भई, मुझे तो आज छुट्टी दो–तुझे मेरा सरदर्द नहीं मालूम–घंटों लगा रहता है, दो-दो दिन तक–आज मैं घर ही आराम करती हूँ ताकि रात को बेनेगल की पार्टी में जा सकूँ–तू भी चलना मेरे संग–तुम भी आ रहे हो न नवीन...।

**नवीन :** हाँ, जाना तो है...।

**इरा :** फिर ठीक है–दीपा तुम नवीन के संग घूम आओ–नवीन ले जाएगा–शाम को जल्दी आ जाना–दोपहर को खाना कहीं बाहर ही खा लेना।

**दीपा :** लेकिन...।

**84. दिन : रास्ता : बम्बई**

*नवीन कार चला रहा है–पास ही दीपा बैठी है–खिड़की से लगी हुई–दोनों खामोश हैं...।*
*तारापोर एक्योरियम–नवीन दीपा को मछलियाँ दिखाता है।...*
*मालाबार हिल–नवीन और दीपा*
*सचिवालय और आस-पास–नवीन और दीपा–गोरेगाँव...*

*चाइनीज़ या दूसरा कोई रेस्टोरेंट–नवीन और दीपा खा रहे हैं...*
*नवीन और दीपा कार में–*
*नवीन चला रहा है–*

**नवीन :** चलो अब वापस चलते हैं...रात की पार्टी के लिए तुम्हें चेंज भी करना है...।

**दीपा :** किस बात की पार्टी है?

**नवीन :** दीपा, यहाँ पर तो हम लोग बस यूँ ही पार्टी देते रहते हैं...सिर्फ़ कोई बहाना चाहिए–किसी के दाँतों में दर्द है–और एक एस्प्रो खाकर दर्द ठीक हो जाता है, बस इसी खुशी में हो गई एक पार्टी।
*दीपा मुसकराती है।*

**दीपा :** कोई ज़रूरी है हम ऐसी पार्टियों में जाएँ?

**नवीन :** ज़रूरी तो नहीं है पर है भी...शायद ज़रूरी है... हमारे एडवरटाइजिंग की दुनिया में कभी-कभी ऐसी पार्टियों में धन्धा भी हो जाता है...।

### 85. रात : पार्टी : बम्बई

*बहुत सारे आदमी और औरतें हैं–ज़्यादातर शराब पी रहे हैं–इरा काफ़ी सजी हुई है–और खूब हँस-हँसकर किसी से बातें कर रही है–लोग चार-पाँच के गुटों में हैं–कुछ बैठे हुए हैं–कुछ खड़े। नवीन दीपा को लेकर एक गुट में आता है।*

**पहला आदमी :** हैलो नवीन–हाउ इज़ लाइफ़?

**नवीन :** ठीक है यार, कह ऐसे रहा है जैसे सालों बाद मिले हैं...कल रात ही तो पूछा तूने हाउ इज़ लाइफ़?

**पहला आदमी :** वास इट यस्टरडे?

**नवीन :** मीट दीपा–दिल्ली से आई है यह–मेरी क्लास फेलो थी...डकोस्टा, प्रताप...मोहन, शीरीन...

*कुछ हाउ डू यू डू कहते हैं–कुछ नमस्ते–दीपा हँसकर नमस्ते करती है...।*

**पहला आदमी :** वाहवा...कितने सुन्दर दाँत हैं। वोट यू लाइक टु बी फोटोग्राफ्ड? नवीन, कल मेरे स्टूडियो में क्यों नहीं ले आते दीपा को–यू मस्ट यह दाँत तो बिनाका के लिए हैं।

*दीपा कुछ नहीं कहती...।*

**दूसरा आदमी :** यार, उन फोटो का क्या हुआ? एक हफ्ता हो गया...। वाई डोंट यू हरी अप?

*इरा चार-पाँच लोगों के संग है...।*

*इरा, डिड यू सी एंटोनीयोनी एट इरोस्?*

*इरा कुछ नहीं समझ पाती...*

**इरा :** मैं शायद नहीं पहचानती–लेकिन मीरचन्दानी मिला था मुझे कल।

डैम मीरचन्दानी–एंटोनीओनी की फ़िल्म–इट वास् सिम्पली सुपर्ब।

**इरा :** कहानी क्या है?

**85 A. रात : पार्टी : बम्बई**

*नवीन और दीपा चलते हुए एक और ग्रुप में आते हैं।*

**एक औरत :** हैलो नवीन...।

**नवीन :** हैलो–मीट दीपा–शी इज़ फ्राम दिल्ली–होसी, नीरा, श्याम–प्रीति...।

**एक औरत :** हैलो–मैं कह रही थी कि प्ले था तो अच्छा लेकिन पूअर दुबे–आइ थिंक ही नेवर अंडरस्टुड द होर्स!–कुछ जमा नहीं पाया...यू नो...नवीन, तुमने देखा अशोक?

**अशोक :** नहीं, मैंने रेसकोर्स जाना छोड़ दिया है।

*डिनर टेबल–नवीन एक प्लेट उठाकर दीपा को देता*

*है और एक खुद लेता है–दोनों प्लेटों में खाना लेते हैं।*

**नवीन :** यहाँ कैसा लग रहा है?

**दीपा :** पता नहीं...मैं क्या बताऊँ?

**नवीन :** यहाँ ऐसा ही है–हमारी पार्टियों में बस यही सब चेहरे नज़र आते हैं–एक ही तरह की घिसी-पिटी बातें करते हैं–लेकिन, पता नहीं क्या बात है हमें यही अच्छा लगता है–एक बार एक कौंसुलेट की पार्टी में गया था–पन्द्रह मिनट में बोर होकर भाग आया...।

*एक पारसी या फेशनेबल लड़की प्लेट में खाना खाते पास आती है...।*

**लड़की :** हैलो नवीन डार्लिंग–तुम नहीं आए हमारी बोतीक में अभी तक–यू मस्ट कम–एक फ़िल्म क्यों नहीं बनाते हमारी दुकान पर? ओ.के. इट इज़ एन एसाइनमेंट–कल आओ हमारे यहाँ, और अपनी गर्ल फ्रेंड को भी ले आना।

*दीपा सकपकाती है–धीरे-धीरे खाती रहती है–चारों तरफ़ की आवाज़ बन्द हो जाती है...दीपा की आवाज.।*

**दीपा की आवाज़ :** मुझे संजय के बारे में बता देना चाहिए–लोग क्या समझेंगे...बेचारा इतना कर रहा है...अच्छा, इंटरव्यू ख़त्म हो जाने दो–फिर कह दूँगी...।

**86. दिन : कॉलेज : बम्बई**

*नवीन की कार कॉलेज के अहाते में आती है–गाड़ी खड़ी होती है–नवीन और दीपा उतरते हैं–दोनों सीढ़ियों से ऊपर चढ़ते हैं–दीपा नर्वस नज़र आती है।*

## 87. दिन : वेटिंग रूम : बम्बई

*दोनों वेटिंग रूम में आते हैं–तीन लड़कियाँ और दो आदमी वहाँ बैठे हैं–सब आपस में एक-दूसरे को देखते हैं। दोनों एक कोने में बैठते हैं।*

**दीपा** : पता नहीं क्या होगा।

**नवीन** : सब ठीक हो जाएगा–मुझे पूरा यकीन है तुम चुन ली जाओगी...।

## 88. दिन : इंटरव्यू बोर्ड : बम्बई

*चार अधेड़ उम्र के लोग बैठे हुए हैं। चारों सीरियस हैं...। दीपा आहिस्ता से सीट के पास खड़ी होती है...। सहज होने के प्रयास से कहती है :*

**दीपा** : गुड मॉर्निंग एवरीबडी।

**आवाज़** : गुड मॉर्निंग। प्लीज वी सीटेड।

*दीपा बैठती है।*

*आदमी कुछ कागज़ात देखते हैं।*

**आवाज़** : क्या यह पहली बार नौकरी की दर्खास्त की है?

**दीपा** : जी हाँ...जी नहीं...मेरा मतलब है यह मेरा पहला इंटरव्यू है...।

**आवाज़** : मतलब यह हुआ कि पढ़ाने का तजुर्बा नहीं है।

**दीपा** : जी नहीं।

**आवाज़** : बम्बई में कोई रहने की जगह है?

**दीपा** : जी नहीं।

*इसके बाद हम कोई आवाज़ नहीं सुनते सिर्फ़ दीपा की आवाज़ सुनाई देती है।*

**दीपा की आवाज़** : नवीन की जगह भी तो है...क्या वह यह सब, मेरे लिए नहीं कर रहा। ताकि मैं उसकी होकर रहूँ?...

*एकाएक इंटरव्यू के किसी आदमी की कर्कश आवाज़ सुनाई देती है :*

**आवाज़ :** सब्जेक्ट क्या है?

**दीपा :** जी?

**आवाज़ :** मैंने कहा कि आपके सब्जेक्ट थीसिस का क्या है?

**दीपा :** इनफ्लुएंस ऑफ द पेरेंट्स ऑन ए ग्रोइंग चाइल्ड।

*इंटरव्यूअर दीपा की तरफ़ देखकर फिर काग़ज़ों पर कुछ लिखते हैं...।*

*दीपा रूमाल से मुँह पोंछती है।...*

**89. दिन : पैसेज : बम्बई**

*नवीन की उँगली डोर बेल की घंटी बजाती है...।*

**90. दिन : ड्राइंग रूम : बम्बई**

*दीपा दौड़कर दरवाज़ा खोलती है—मुसकराता हुआ नवीन अन्दर आता है...।*

**नवीन :** चलो, तुम्हारा इंटरव्यू तो हो गया।

*दीपा मुसकराकर मुँह नीचा कर लेती है...।*

*नवीन खिड़की के पास आकर खड़ा होता है—शाम की धूप उसकी कनपटी पर पड़ती है...।*

**नवीन :** *(सिगरेट निकालता हुआ)* अब मैं कल से अपने काम पर लगता हूँ।

*दीपा नवीन की तरफ़ देखती है।*

**91. दिन : मैदान : बम्बई**

*दीपा और नवीन—किताबें लिए हुए, हँसते हुए—चल रहे हैं—स्लो मोशन में—हाथ पकड़े हुए...दीपा हँसती*

*हुई नवीन की तरफ़ देखती है...नवीन की कनपटी पर धूप पड़ रही है और वह हँस रहा है।*

**92. दिन : ड्राइंगरूम : बम्बई**

**दीपा :** बैठो न, यहाँ क्यों खड़े हो...।

*नवीन खिड़की से हट जाता है और एक कुर्सी पर बैठता है...वह आज प्रसन्न है...।*

**नवीन :** तुम्हारी नौकरी तो पक्की समझो...।

**दीपा :** पता नहीं...मैंने तो काफ़ी उल्टे-सीधे जवाब दिए...

*नवीन खड़ा हो जाता है–और दीवार से टिककर कहता है–*

**नवीन :** नहीं दीपा–तुमने बहुत अच्छा इंटरव्यू दिया है–मुझे पूरा यकीन है...तुम्हें नौकरी ज़रूर मिलेगी...।

*दीपा एक कुर्सी पर बैठती है–कहीं पर फ्रेम फ्रीज़ होता है–दीपा की आवाज़।*

**दीपा की आवाज़ :** नौकरी अगर मिल भी गई तो नवीन सिर्फ़ तुम्हारी वजह से मिलेगी।

*दीपा कुर्सी पर बैठती है।*

**नवीन :** आज तो इसी खुशी से पार्टी हो जाए।

**दीपा :** ज़रूर।...एनी टाईम।

**नवीन :** ओ.के., चलो आज ही...।

**93. दिन : बेडरूम : बम्बई**

*एक ड्रेसिंग टेबल के सामने–एक पिंक या लाल साड़ी पहनती है–साज पूरा होता है–वह जाकर बाकी साड़ियों को अपने सूट-केस में रखती है–सूटकेस बन्द करते-करते रुक जाती है।*
*उसे कुछ याद आता है।*

## 94. दिन : कॉलेज : बम्बई

*दीपा एक नीली साड़ी में है–नवीन नज़दीक आता है।*

**नवीन :** दीपा, तुम नीली साड़ी में बहुत अच्छी लगती हो...मुझे नीला रंग इतना अच्छा लगता है...।

## 95. दिन : बेडरूम : बम्बई

*दीपा सोच में है...धीरे-धीरे सूटकेस बन्द करती है...।*

## 96. दिन : पैसेज : बम्बई

*नवीन लिफ्ट की घंटी दबाता है–एक तरफ़ देखकर मुसकराता है...।*
*दीपा नीली साड़ी पहनकर आती है...।*

**नवीन :** इस साड़ी में तुम बहुत अच्छी लग रही हो।
*दीपा का मुँह लाल हो जाता है।*

## 97. दिन : जन्तरमन्तर रोड : नई दिल्ली

*संजय मुसकराता हुआ आता है–दीपा एक बहुत ही क़ीमती साड़ी और ज़ेवरों में सजी खड़ी है–दीपा को देखते ही संजय हँस पड़ता है...।*

**संजय :** भई, थोड़ी देर हो गई–सी.ओ. से आख़िर मेरी झड़प हो ही गई–भाड़ में जाए प्रोमोशन...।
*दोनों पैदल चलते रहते हैं...।*

**संजय :** मैंने तो यूनियन की तरफ़ से कह दिया है कि साढ़े पाँच बजे के बाद दस मिनट भी काम करें तो ओवरटाइम मिलना चाहिए–अगर दस मिनट लेट आने से हम एबसेंट गिने जा सकते हैं तो दस मिनट...।

**दीपा :** मेरी नई साड़ी का रंग देखा?

*संजय एक बार साड़ी की तरफ़ देखता है...।*

**संजय :** ...अच्छी है...। तो दस मिनट ज़्यादा काम करने से हमें ओवरटाइम ज़रूर मिलना चाहिए–यह हमारा हक़ है।

**98. दिन : बिल्डिंग पोर्टिको : बम्बई**

*दीपा और नवीन बिल्डिंग के बाहर आते हैं...।*

**नवीन :** आज मेरी गाड़ी नहीं है–गराज में दी है...।

**दीपा :** तुम्हारी गाड़ी में तो मैं बहुत घूम चुकी।...आज तुम मेरी टैक्सी में घूमो...।

**99. दिन : रास्ता : बम्बई**

*दीपा और नवीन एक टैक्सी के पिछली सीट पर बैठे हैं। नवीन एक कोने में बैठा है–दोनों के बीच में काफ़ी जगह है।*

**नवीन :** इरा को तो ले लें ऑफिस से?

**दीपा :** इरा नहीं आएगी...कह रही थी उसे कुछ काम है ऑफ़िस में।

*दीपा का पल्लू हवा के झोंके से नवीन की गोद में पड़ा फड़फड़ाता है–नवीन का हाथ सीट पर रखा हुआ है। टैक्सी तेज़ी से पेडर रोड, फ्लाई ओवर और मरीन ड्राइव पर भागता है।*

*दीपा बाहर की तरफ़ देखती रहती है–दीपा कुछ घूमकर नवीन की तरफ़ देखती है–नवीन सिगरेट पी रहा है। दीपा हसरत भरी निगाहों से देखती है–टैक्सी दौड़ी जा रही है...नवीन और दीपा बिलकुल पास-पास बैठे हैं–नवीन का हाथ दीपा की कमर में है–दीपा का सर नवीन की छाती में है...दीपा ने आँखें*

*बन्द कर ली हैं। इसी तरह का एक शाट संजय के साथ। दीपा की साड़ी का पल्लू नवीन के हाथों पर है...दोनों अलग- अलग कोने में बाहर की तरफ़ झाँक रहे हैं...दीपा खोई-सी बैठी है...।*
*टैक्सी मेरीन ड्राइव पर जा रही है।*

**100. दिन : किसी पार्क में**

*छनी हुई धूप में–नवीन लेटा हुआ है, दोनों हाथ सर के पीछे किए हुए–पास ही दीपा बैठी है, अपनी ठोड़ी दोनों घुटनों पर रखे–कुछ बातें कर रहे है।...*
*(यही सीन सीन न. 102 के बाद भी आएगा।)*

**101. दिन : रास्ता : बम्बई**

*टैक्सी रुकती है। दीपा को टैक्सी के अन्दर झटका लगता है। हड़बड़ाकर दाहिने ओर का फाटक खोलकर दीपा उतरती है।*
*नवीन दूसरी साइड पर है–वह टैक्सी के पैसे देता है।*

**नवीन :** हमेशा बाईं तरफ़ से उतरना चाहिए दीपा।

*टैक्सी चली जाती है...*
*दीपा और नवीन चलते हैं, साथ-साथ...दीपा ने कुछ रुपए निकाल रखे हैं, बैग से टैक्सीवाले को देने के लिए...उन्हें फिर से बैग में रख देती है...।*

**102. दिन : चाइनीज रेस्टोरेंट : बम्बई**

*चाइनीज़ बैरा खाना लाकर टेबल पर रखता है–दीपा और नवीन आमने-सामने बैठते हैं–दोनों चुपचाप खाते हैं–दीपा एक बार आँखें उठाकर देखती है।*

*फ्लैश फारवर्ड...नवीन दीपा के दोनों हाथों को लेकर बैठा है–टेबल खाली है।*

**नवीन :** *(आवेग से)* दीपा, तुमने मुझे माफ़ तो कर दिया न? मैं आज भी तुम्हें प्यार करता हूँ...जो कुछ भी हुआ उसे भूलकर मैं तुमसे शादी करना चाहता हूँ।

**दीपा :** *(आवेग से)* नवीन...मैं भी शायद...पर...ओफ़... दिल्ली में...क्या बताऊँ नवीन...।

**चाइनीज़ वेटर :** कॉफ़ी या आइस्क्रीम?

*दीपा और नवीन, वर्तमान अवस्था में।*

**नवीन :** दो कॉफ़ी–बिल भी ले आना।

*वेटर चला जाता है।*

*दोनों फिर चुपचाप खाते रहते हैं...कैमरा दीपा के चेहरे पर चार्ज करता है...दीपा खाते-खाते एकदम नवीन की तरफ़ देखती है।*

**दीपा :** कुछ कहा तुमने?

**नवीन :** नहीं तो।

*दीपा सकपकाकर फिर खाने की कोशिश करती है–खा नहीं पाती–काँटा-चम्मच रख देती है।*

*वेटर कॉफी लाकर रखता है–बिल नवीन के सामने देता है।*

*नवीन जेब से पैसे निकालकर वेटर को पे करता है...।*

**दीपा :** मुझे पे करने दो नवीन, आज मैं लाई हूँ तुम्हें यहाँ...।

*नवीन मुसकराता है।*

**नवीन :** कॉफी देखो...कैसी है यहाँ की!

*(सीन न. 100 फिर से आता है।)*

**103. रात : बेडरूम : बम्बई**

*दीपा और इरा दोनों लेटी हुई हैं–इरा सो गई है–दीपा जगी हुई है...संजय फूल लिए खड़ा दिखाई*

*देता है–डिसाल्व होकर दिखाते हैं। नवीन खड़ा सिगरेट पी रहा है...दीपा का चेहरा...।*

**104. दिन : रसोई : बम्बई**

*एक अंडा तोड़ा जाता है। इरा रसोई में पोच बना रही है–दरवाज़े की घंटी बजती है...।*

**105. दिन : बेडरूम : बम्बई**

*दीपा तपाक से बिस्तर से उठती है–घड़ी की तरफ़ देखती है–नौ बजे हैं–फुर्ती से आईने के सामने आकर अपने आपको सँवारती है, साड़ी ठीक करती है और भागती है...।*

**106. दिन : ड्राइंगरूम : बम्बई**

*दीपा दौड़कर दरवाज़ा खोलती है–दरवाज़े पर पोस्टमैन को देखकर निराश हो जाती है–पोस्टमैन से चिट्ठी ले लेती है।*

**इरा की आवाज़ :** कौन है?

*दीपा दरवाज़ा हल्का-सा बन्द करती है। इरा हाथ साफ़ करती-करती बाहर आती है।*

**दीपा :** तेरी चिट्ठी।

*दीपा चिट्ठी इरा को देकर चली जाती है। इरा चिट्ठी खोलकर पढ़ती है। उसे गुस्सा आता है–चिट्ठी को कहीं फेंककर अपने आप ज़ोर से बड़बड़ाती है।*

**इरा :** मुझे मालूम था। अब साहब मद्रास गए हैं–हफ़्ते भर बाद आएँगे...।

*दीपा ड्राइंगरूम में वापस आती है। उसका चेहरा खिल उठता है...।*

*नवीन दरवाज़े पर खड़ा है...।*

*इरा नवीन की तरफ़ मुड़ती है...।*

**इरा :** देखो, क्या लिखते हैं तुम्हारे अशोक साहब ? अभी मद्रास जा रहे हैं, फिर बंगलौर, फिर हैदराबाद, त्रिवेन्द्रम–दुनिया की हर जगह जाएँगे लेकिन यहाँ बम्बई वापस आने की फुर्सत नहीं है–क्योंकि यहाँ उनकी बीवी रहती है–आने दो इस बार, डाईवोर्स कर दूँगी।...

**नवीन :** इसी डर से शायद नहीं आ रहा।

*इरा को यकायक कुछ ख़याल आता है।*

**इरा :** अरे वो अंडे जल गए होंगे।

*इरा दौड़कर रसोईघर चली जाती है...नवीन और दीपा हँसते हैं।*

### 107. दिन : हैगिंग गार्डन का रेस्टोरेंट

*हैंगिंग गार्डन से बम्बई का दृश्य...नवीन और दीपा यहाँ रेस्टोरेंट में चाय पी रहे हैं...।*

*दोनों एकदम चुपचाप हैं...नवीन दीपा की तरफ़ देखता है।*

**नवीन :** अब तो तुम यहाँ आ जाओगी?

**दीपा :** हाँ...।

**नवीन :** नौकरी के बाद क्या इरादा है?

*दीपा नवीन की तरफ़ देखती है...।*

*दीपा किसी एक्शन में फ्रीज होती है...दीपा की आवाज़।*

**दीपा की आवाज़ :** कह दो नवीन, कह दो तुम मुझे अपनाना चाहते हो। मैं बुरा नहीं मानूँगी। मान भी कैसे सकती हूँ। मैं भी तो यही चाहती हूँ। मैं तुम्हें प्यार करती हूँ नवीन...।

*दीपा अपने में आ जाती है...।*

**दीपा :** पता नहीं...।

*खामोशी...।*

**नवीन :** तुम्हारे यहाँ आने से मैं बहुत खुश हूँ!

*दीपा एकदम नवीन की तरफ़ देखती हैं फिर नज़रें झुका लेती है।*

*फिर दोनों ख़ामोश हो जाते हैं। चुपचाप चाय पीते हैं। फिर दोनों एक साथ कुछ कहते हैं और दूसरे की सुनने के लिए चुप हो जाते हैं। नवीन मुसकराता है।*

**नवीन :** तुम कहो–क्या कह रही थी?

**दीपा :** नहीं, पहले तुम बताओ क्या कह रहे थे।

*दीपा चाय का कप उठाकर पीती है।*

*फ्रीज–दीपा की आवाज़।*

**दीपा की आवाज़ :** मुझे मालूम है, हमारे टूटे सम्बन्ध को फिर से जोड़ने की बात तुम कहना चाहते हो...तुम आज भी मुझे अपना समझते हो, और तुम्हें तो मालूम है, आज भी दीपा तुम्हारी है...और मैं...।

**107 A. दिन : हैंगिंग गार्डन या वहाँ का रेस्टोरेंट : बम्बई**

**नवीन :** मैं यही कह रहा था कि शाम को मुझे एक शूटिंग करनी है–तुम भी आओ न वहाँ। देखना कैसे काम होता है हमारा।

*दीपा कुछ उदास हो जाती है–वह सिर नीचा कर लेती है।*

**नवीन :** कोई वैसी ख़ास बात नहीं है–तुम्हें कल जाना है दिल्ली–आज आराम करो घर पर...।

**दीपा :** नहीं...मैं चलूँगी–देखती हूँ कैसा काम करते हो।

### 108. दिन : जुहू बीच : बम्बई

*एक लड़की, भीगी हुई जुहू बीच पर हँसती हुई भागी आती है...।*
*नवीन एक कैमरे से शूटिंग कर रहा है–पास ही दीपा बैठी हुई है।*
*लड़की क्लोज अप में आती है या भागती है।*
*यह लड़की और एक आदमी दोनों हाथों में हाथ लिए समुद्र की तरफ़ दौड़कर जाते हैं–नवीन शूट करता है–दीपा और नवीन हाथ में हाथ पकड़े दौड़ते हुए कैमरे की तरफ़ आते हैं...।*
*दीपा बैठी हुई देखती है...।*

### 109. रात : रेलवे स्टेशन : बम्बई

*दीपा और इरा स्टेशन पर चलते हुए आते हैं–पीछे कुली सामान लिए हुए है–कुली एक डिब्बे में सामान रख देता है–लेडीज़ थर्ड स्लीपर–दीपा भी डिब्बे में जाती है...इरा बाहर ही खड़ी है–खिड़की पर दीपा आती है।*

**इरा :** सब ठीक है न?
*दीपा मुसकराती है–दीपा बाहर आ जाती है...।*

**इरा :** दो-चार दिन और ठहर जाती तो अच्छा रहता–अशोक से भी मुलाकात हो जाती।

**दीपा :** उनसे तो फिर आकर ही मुलाकात होगी–नवीन को पूरी उम्मीद है कि यह नौकरी मुझे ही मिल रही है...।

**इरा :** बस, फिर तू जल्दी आ जा–मैं भी तो तेरा साथ ज़्यादा न दे सकी...।

**दीपा :** ऐसा क्यों कह रही है...तुझे अपना काम भी तो देखना है...।

*दीपा बेचैनी से मौका पाकर गेट की तरफ़ झाँकती रहती है...।*

**इरा :** जा–तू अन्दर बैठ जा...।

**दीपा :** अच्छा, इरा...तूने बहुत किया मेरे लिए...।

*दीपा इरा के दोनों हाथ पकड़ती है...।*

**इरा :** छोड़–मैंने क्या किया–जो कुछ किया वो नवीन ने ही किया है।

*दीपा गर्दन झुका लेती है–फिर इरा से...।*

**दीपा :** अच्छा इरा, तू अब जा, गाड़ी छूटने तक रहने की कोई ज़रूरत नहीं है।...

**इरा :** अभी नवीन आएगा–उसी के साथ चली जाऊँगी।

**दीपा :** मैंने कह दिया है नवीन से न आने को...बेकार में...क्यों...उसे भी कुछ काम था। सब ठीक है इरा...तू जा...मैं डिब्बे में बैठती हूँ...।

**109 A. रात : रेलवे स्टेशन : बम्बई**

**इरा :** अच्छा दीपा–बाई–कुछ दिन कैसे मज़े में कट गए तेरे साथ–*(धीरे से)* रात बिस्तर में याद आएगी तेरी।

*दीपा हँसती हुई डिब्बे में चढ़ जाती है–हाथ हिलाती है...।*

*इरा आख़िरी बार हाथ हिलाकर चली जाती है...।*

*दीपा उचक-उचककर किसी को देखना चाहती है।*

*इंजन और डिब्बों का कपलिंग होता है...।*

*दीपा का चेहरा खिल उठता है वह ज़ोर से हाथ हिलाती है...।*

*नवीन तेज़ी से चलता हुआ आता है–डिब्बों की तरफ़ झाँकता हुआ...।*

*दीपा हाथ हिलाती है और डिब्बे से नीचे उतर आती है...।*

*नवीन ने दीपा को देख लिया है। वह मुसकराता है–नवीन दीपा के पास आ जाता है...।*

**दीपा :** क्यों आए बेकार में! इरा तो आई थी यहाँ तक...।
*नवीन एक बार डिब्बे के अन्दर झाँकने की कोशिश करके रूमाल से अपना मुँह पोंछता है...।*

**नवीन :** जगह अच्छी मिल गई?

**दीपा :** हाँ...।

**नवीन :** पानी-वानी तो है–कुछ और चाहिए?

**दीपा :** नहीं...।

**नवीन :** चलो मैं बिस्तर बिछा देता हूँ...।

**दीपा :** मैं बिछा लूँगी...बिस्तर खोल दिया है...।
*दीपा को कुछ निराशा-सी होती है, वह दूसरी तरफ़ देखती है...।*

**नवीन :** कुछ चाहिए क्या?
*दीपा नवीन की तरफ घूमती है–फ्रीज–दीपा की आवाज़।*

**दीपा की आवाज़ :** सब कुछ चाहिए नवीन, तुम कह क्यों नहीं देते–मैं पूरे मन से तुम्हारी हूँ।
*दीपा नवीन की तरफ़ देखकर हलकी-सी मुसकराती है।*

### 109 B. रात : रेलवे स्टेशन : बम्बई

**दीपा :** कुछ नहीं।
*नवीन इधर-उधर देखता है।*

**नवीन :** आज वैसे भीड़ कुछ ज्यादा नहीं है।
*दीपा भी इधर-उधर देखकर घड़ी की तरफ़ देखती है।*

**नवीन :** ऊपर चढ़ जाओ दीपा, गाड़ी चलने ही वाली है...।
*असहाय-सी नज़र से दीपा नवीन की तरफ़ देखती*

*है, फिर गाड़ी पर चढ़ जाती है–वह खिड़की पर आकर बैठ जाती है।*

**नवीन :** जाकर पहुँचने की ख़बर देना दीपा, मैं भी जैसे ही यहाँ का पता लगेगा, ख़बर भेज दूँगा।

*दीपा का चेहरा–गार्ड की सीटी बजती है...(दीपा कुछ चौंक उठती है)...गार्ड अपने डिब्बे में हरी झंडी दिखाता है...।*

*दीपा नवीन की तरफ़ मायूसी से देखती रहती है–नवीन–रेल के पहिए चलते हैं–रेल की सीटी...।*

*दीपा अपना हाथ खिड़की के पास रखती है–उसकी आँखें छलछला आती हैं।*

*नवीन धीरे-धीरे गाड़ी के साथ चलता है–दीपा का हाथ वहीं रखा है...।*

*ट्रेन की रफ्तार बढ़ती है–बहुत-से लोग हाथ हिलाते नज़र आते हैं–नवीन भी।*

*दीपा से रहा नहीं जाता–वह हाथ बढ़ा देती है–नवीन दीपा का हाथ पकड़ने के लिए दौड़ता है–दीपा हाथ और ज़्यादा बढ़ाती है–नवीन भीड़ को चीरता हुआ आगे बढ़ता रहता है।*

*नवीन का हाथ दीपा के हाथ के पास आता है–दोनों की उँगलियाँ एक-दूसरे को छूने के लिए बढ़ी हुई हैं–उँगलियाँ काफ़ी पास-पास आ जाती हैं–ट्रेन की रफ़्तार बढ़ती जाती है–वह एक-दूसरे को नहीं छू पाते–नवीन दौड़ता-दौड़ता धीरे हो जाता है–हाथ हिलाता रहता है–दीपा बाहर ताकती ही रहती है–उसकी आँखों से आँसू ढलकते रहते हैं–दूर नवीन खड़ा दिखाई देता है–वह भी भीड़ में दिखाई नहीं देता।*

### 110. रात : गाड़ी के अन्दर

*दीपा गाड़ी में बैठी है–खिड़की के बाहर लोकल स्टेशन तीर की जगह निकले जा रहे हैं...उसका चेहरा गम्भीर है...आँखों से निकले आँसू सूख गए हैं...या आँसू निकलना बन्द हो गए हैं...।*
*पेड़ और मैदान भागते जा रहे हैं...।*
*दीपा लेट जाती है...कैमरा चार्ज करता है...।*

### 111. दिन : कोई एक मैदान

*मैदान में संजय खड़ा है–दूसरी तरफ़ नवीन–दीपा संजय के पास आकर उसे दोनों हाथों से पकड़कर एक तरह से प्रार्थना करती है।*

**दीपा :** सच मानना संजय–इन चार-पाँच साल से मैं खुद भ्रम में थी और तुम्हें भी भ्रम में डाल रखा था।
*लेकिन आज–आज छलना से सारे जाल टूट चुके हैं...जिस सम्बन्ध को टूटा हुआ जानकर मैं भूल चुकी थी, उसकी जड़ें हृदय की किन अटल गहराइयों में जमी हुई थीं, इसका एहसास बम्बई में नवीन से मिलकर हुआ...।*
*मैं आज भी नवीन से प्यार करती हूँ।*
*दीपा संजय को छोड़कर नवीन के पास दौड़कर जाती है...दीपा नवीन को संजय की तरह पकड़कर कहती है...।*

**दीपा :** नवीन, जो तुम इन सात दिनों में न कह पाए वह तुम्हारे आज इस तरह से मुझे छू लेने की कोशिश ने कह दिया...विश्वास करो... यदि तुम मेरे हो तो मैं भी तुम्हारी हूँ...एक मात्र तुम्हारी...।
*दीपा फिर संजय के पास दौड़कर जाती है...।*

**दीपा :** संजय, मुझे माफ़ करना...आज लग रहा है तुम्हारे लिए मेरे मन में जो भी भावना है वह प्यार की नहीं, केवल कृतज्ञता की है–तुमने मुझे उस समय सहारा दिया था जब नवीन और अपने पिता को खोकर मैं चूर-चूर हो चुकी थी...जीवन में एक शून्यता आ गई थी–तुमसे उसकी पूर्ति की...तुम पूरक थे, ग़लती से तुम्हें प्रियतम समझ बैठी...मुझे भूल जाओ संजय...।

**112. दिन : ट्रेन के अन्दर**

*दीपा ट्रेन में बैठी है–ट्रेन दौड़ी जा रही है...दीपा की आवाज़।*

**दीपा की आवाज़ :** तुम्हें संजय मेरी जैसी कई दीपाएँ मिल जाएँगी, जो सचमुच ही तुम्हें प्रियतम की तरह प्यार करेंगी...मुझे भूल जाओ संजय, आज मैं एक बात अच्छी तरह जान गई...पहला प्रेम ही सच्चा प्रेम होता है...।

**113. दिन : रास्ता : दिल्ली**

*रास्ते पर एक स्कूटर दौड़ा जा रहा है–दीपा स्कूटर में चुपचाप बैठी है–पिछले सीन के कुछ डायलाग यहाँ भी आ सकते हैं।*

**114. दिन : ड्राइंगरूम : दिल्ली**

*बहादुर दरवाज़ा खोलता है–दीपा कमरे में आती है।*

**दीपा :** जा सामान ले आ नीचे से।

*सामने देखती है रजनीगन्धा के फूल फूलदानों में लगे हुए हैं–वह पास आती है–फूलों को छूती है...बहादुर लगेज लेकर अन्दर आ जाता है...।*

**दीपा** : कौन लाया यह फूल?

**बहादुर** : कल संजय शाब आए थे एक चिट्ठी भी दी है–एक गुच्छा सोनेवाले कमरे में भी है...।

*दीपा सोच में पड़ जाती है–बहादुर लाकर चिट्ठी देता है। दीपा चिट्ठी फाड़कर पढ़ती है।*

**संजय की आवाज़** : तुम तो बम्बई से पाँचवें दिन वापस आनेवाली थी। मैं आज ऑफ़िस के काम से कलकत्ते जा रहा हूँ–पाँच-छह दिन में लौट आऊँगा। तब तक तुम आ ही जाओगी। जानने को उत्सुक हूँ बम्बई में क्या हुआ–

तुम्हारा–संजय...

*दीपा एक आराम की हल्की साँस लेती है–मुँह पर थोड़ी-सी मुसकान आ जाती है...वह बालकनी की तरफ़ जाती है...।*

### 115. दिन : बालकनी : दिल्ली

*दीपा बालकनी में आकर खड़ी होती है।*
*सामने फैला हुआ नीले आकाश को देखती है...।*

### 116. रात : बेडरूम : दिल्ली

*दीपा बिस्तर पर पेट के बल लेटी है–एक चिट्ठी लिख रही है–वह लिखती है प्रिय नवीन–मुँह ऊपर करके सोचती है–सामने रजनीगन्धा का गुलदास्ता नज़र आता है–उसे खराब लगता है।*
*दीपा एक पेज निकालकर फाड़ देती है–फिर लिखती है 'नवीन' फिर ऊपर देखती है–सामने रजनीगन्धा है–इस बार अपने सोने की पोजीशन बदल लेती है और चिट्ठी लिख डालती है...कैमरा*

*पैन करता हुआ उसके पैरों पर जाते हैं जिन्हें वो नचा रही है—वहाँ से रजनीगन्धा के गुलदस्ते पर...।*
*चिट्ठी को लिफाफे में रखकर दीपा चित सोती है।*
*नवीन का दौड़कर उसके हाथ पकड़ने का सीन उभरता है।*
*दीपा मुसकराती है और करवट लेकर सोती है।*

**117. दिन : बालकनी : दिल्ली**

*बच्चे स्कूल से वापस आते दिखाई देते हैं। कुछ आदमी साइकिलों पर हैं। दीपा देखती रहती है—धीरे से वह ड्राइंगरूम के अन्दर जाती है।*

**118. दिन : ड्राइंगरूम : दिल्ली**

*दीपा आकर सोफ़े पर निराश-सी बैठ जाती है—घड़ी की तरफ़ देखती है—एक मैगजीन लेती है—पढ़ने की कोशिश करती है—फिर उसे एक तरफ़ पटक देती है। खड़ी हो जाती है...।*

**दीपा :** बहादुर।
*बहादुर आता है।*

**दीपा :** कोई चिट्ठी नहीं आई?

**बहादुर :** नहीं।

**दीपा :** तूने वो चिट्ठी डाल दी थी न उस दिन?

**बहादुर :** कौन-सी चिट्ठी?

**दीपा :** एक ही तो चिट्ठी दी थी तुझे तीन दिन पहले?

**बहादुर :** हाँ—वह तो उसी दिन डाल दी।
*दीपा रेडियो चलाती है—मन होता है तो टेलीविज़न चलाती है—अपने हाथों में मुँह लेकर बैठी रहती है—मुँह तमतमा उठता है—आँखें भर आती हैं...।*

### 119. रात : बेडरूम : दिल्ली

*दीपा आँखें खोले लेटी है...।*
*नवीन के संग बम्बई घूमने के कई दृश्य उभरते हैं...।*

### 120. दिन : बालकनी : दिल्ली

*दीपा बालकनी में खड़ी है–दूर से एक पोस्टमैन आता नज़र आता है–दीपा खुश होती है...वह अन्दर दौड़ती है...।*

### 121. दिन : सीढ़ियाँ और पैसेज : दिल्ली

*पोस्टमैन सीढ़ियों से ऊपर आता है–पैसेज में चिट्ठियाँ देखता हुआ चलता है–एक दरवाज़ा खुलता है और दीपा बाहर आती है।*

**दीपा** : कोई लेटर है हमारा?

*पोस्टमैन चिट्ठियों के पुलिन्दे में देखता है...।*

**पोस्टमैन** : नहीं...।

*पोस्टमैन आगे बढ़ जाता है–दीपा निराश हो जाती है...।*

### 122. दिन : ड्राइंगरूम : दिल्ली

*सोफ़े पर आकर दीपा बैठ जाती है–उसका चेहरा रुँआसा-सा हो जाता है। होंठ फड़फड़ाते हैं–आँखों में आँसू आ जाते हैं–उठती है–गुलदस्ते के पास आती है।*
*रजनीगन्धा के फूल मुरझा गए हैं–फूलों को उठाती है–देखती है।*

### 123. दिन : बालकनी : दिल्ली

*दीपा बालकनी में आती है, मुरझाए फूल बाहर फेंक देती है–दीवार पर पीठ करके खड़ी रहती है. ..घंटी बजती है...रिएक्ट करती है...।*

### 124. दिन : ड्राइंगरूम : दिल्ली

*दीपा दरवाज़ा खोलती है–मिसेज़ मेहता बंटी के साथ अन्दर आती हैं।*

**मिसेज मेहता** : कैसी हो दीपा? जब से आई हो मिल ही नहीं पाई...।

**दीपा** : ठीक हूँ आंटी...बैठिए न...।

**मिसेज मेहता** : नहीं दीपा...यहाँ तो मरने तक की फुर्सत नहीं है... चलती हूँ...एक दिन संजय आया था?

*दीपा को अजीब-सा लगता है।*

**दीपा** : हाँ...बहादुर ने बताया मुझे...बैठो न थोड़ी देर...बहादुर को चाय बनाने को कहती हूँ...।

**मिसेज मेहता** : रहने दो दीपा–सच मुझे काम है–मैं तो सिर्फ़ देखने आई एक बार...बंटी बेटे खेल यहाँ–दीपा, मैं ज़रा बाजार जा रही हूँ...।

*मिसेज मेहता मुसकराकर चली जाती हैं–दीपा बंटी को गोद में खींच लेती है।*

**बंटी** : तुम कहाँ गई थी दीपा आंटी?

**दीपा** : गई थी किसी से मिलने...तू जाएगा?

*बंटी हाँ कहकर सिर हिलाता है...।*

### 125. रात : बेडरूम : दिल्ली

*दीपा और नवीन का सीन–दीपा लेटी है–घंटी की आवाज़–दीपा दौड़कर जाकर दरवाज़ा खोलती है। नवीन आता है–फिर घंटी की आवाज़–नवीन खड़ा*

*है–उसके दाएँ कनपटी पर सूरज की रोशनी पड़ती है...घंटी की आवाज़।*
*दीपा सोई हुई–घंटी की आवाज़–दीपा आँखें खोलती है–घंटी की आवाज़–दीपा उठ खड़ी होती है।*

**126. रात : ड्राइंगरूम : दिल्ली**

*ड्राइंगरूम का दरवाज़ा खुला है–पोस्टमैन से बहादुर एक टेलीग्राम लेता है–दीपा ड्राइंगरूम में आ जाती है, बहादुर टेलीग्राम दीपा के हाथों में दे देता है–दीपा कुछ घबरा-सी जाती है–टेलीग्राम फाड़ती हुई जल्दी से सोने के कमरे में जाती है... ।*

**127. रात : बेडरूम : दिल्ली**

*बेडस्विच दबाई जाती है–रोशनी होती है–बिस्तर पर बैठकर दीपा टेलीग्राम पढ़ती है–टेलीग्राम इरा का है... नियुक्ति हो गई है–बधाई।*

–इरा

*दीपा लेकिन खुश नहीं होती–थोड़ी देर ऐसे ही अनमनी-सी बैठी रहती है–रोशनी बुझाती है–फिर लेट जाती है।*
दीपा की भर्रायी हुई आवाज़ : नवीन, तुमने चिट्ठी क्यों नहीं दी...यह ख़बर तो मैं तुमसे सुनना चाहती थी... ।

**128. दिन : बालकनी : दिल्ली**

*दीपा बालकनी में उदास-सी खड़ी है–रास्ते पर के लोगों को देखती है...मिसेज मेहता बंटी को लिए*

*आती नज़र आती हैं...मिसेज़ मेहता ऊपर की तरफ़ उँगली करके दिखाती हैं...बंटी ऊपर देखकर चिल्लाता है–आंटी।*

*दीपा मुसकराती है...और हलके-से उसे बुलाती है...।*

*मिसेज मेहता भी इशारों में बेटे से कहती हैं–जाएगा वहाँ?*

*दोनों बालकनी के नीचे ग़ायब हो जाते हैं...।*

*दीपा फिर मायूस-सी खड़ी रहती है...।*

*दूर से एक स्कूटर आता नज़र आता है...।*

*दरवाज़े की घंटी बजती है–दीपा मुड़ती है...।*

**129. दिन : ड्राइंगरूम : दिल्ली**

*दीपा दरवाज़ा खोलती है–पोस्टमैन एक चिट्ठी देता है–दीपा खिल उठती है–जल्दी से चिट्ठी खोलकर पढ़ती है–नवीन की आवाज़ :*

**आवाज़ :** प्रिय दीपा,

तुम्हें अपने नियुक्ति का तार तो मिल ही गया होगा–मैंने कल इरा को टेलीफोन पर बताया–उसने कहा कि वह तार दे देगी। कॉलेज से भी एक-दो दिन में ख़बर मिल जाएगी–इस कामयाबी के लिए मेरी ओर से हार्दिक बधाई। सच, मैं बहुत खुश हूँ कि तुम्हें यह काम मिल गया...शेष फिर।

*आख़िरी लाइन पर दीपा का चेहरा फिर उदास हो जाता है–शेष फिर, शेष फिर, बार-बार गूँजता है...।*

**आवाज़ :** दीपा!

किसी की आवाज़ आती है–दीपा मुड़कर देखती है–दरवाज़े पर संजय ढेर सारे रजनीगन्धा के फूल लिए खड़ा मुसकरा रहा है। दीपा कुछ एक सेकंड सिर्फ़ देखती ही रहती है–हाथ से चिट्ठी अपने आप छूट जाती है।

*संजय दो क़दम आगे बढ़ता है–दीपा से अब नहीं रहा जाता। वह पागलों-सी दौड़कर जाकर संजय से लिपट जाती है।*

**दीपा :** ओ संजय, मेरे संजय, तुम्हारा यह आलिंगन, यह स्पर्श, यही सच है, वह सब झूठ था, भ्रम था, यही सच है...।

**संजय :** अरे...रे...क्या हो गया तुम्हें...क्या बात है,

*दीपा रो पड़ती है।*

**129 A. दिन : ड्राइंगरूम : दिल्ली**

**दीपा :** कहाँ चले गए थे संजय...मुझे अकेला छोड़कर...।

*संजय हँसकर पीठ में थपकी देता है।*

**संजय :** समझा...बम्बई की नौकरी नहीं मिली। गोली मारो तुम्हारी नौकरी को। इसमें इतना परेशान होने की क्या बात है–हैं? मुझे दीपा प्रोमोशन मिल गया है–अब मैं अफसर बन गया हूँ...रंगनाथन बेचारा रह ही गया। कुछ भी कहो–हमारे ऑफिसर्स सब अच्छे हैं–जस्ट। लेकिन रहना यहीं पड़ेगा–दिल्ली में।

**दीपा :** मुझे नहीं जाना बम्बई।

**संजय :** बस, अब हमारी शादी का रास्ता साफ़ है...। अच्छा, अब छोड़ो मुझे–यह फूल तो लगा दूँ वहाँ...।

**दीपा :** नहीं...

*दीपा संजय से लिपटी रहती है–दीपा की पीठ पर रजनीगन्धा का गुलदस्ता संजय पकड़े हुए है...। दोनों काफ़ी देर तक आलिंगन में बँधे रहते हैं–हम उन्हें यहाँ छोड़ते हैं।*

●●●